「そうですね。
ご主人様は因果の調べ
というのをご存知でしょうか？」

「因果の調べ？」

「はい。悪魔との遭遇だけではありません
私やルシェがご主人様と出逢ったのも
偶然ではありません」

モブから始まる探索英雄譚

The story of an exploration hero who has worked his way up from common people

6

Author 海翔
Illustration あるみっく

「ちょっといいかな？」

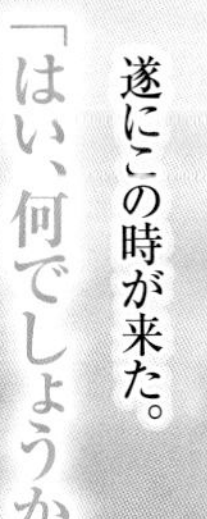

遂にこの時が来た。

「はい、何でしょうか春香さん」

「今日バレンタインデーでしょ。
だから悠美と一緒にトリュフを作ってみたんだ。
よかったら食べてみて」

On Valentine's Day

魔核を吸収し終わった瞬間バルザードが激しく明滅し、
その形状が変化し始めた。
『こ、これは！』
これは以前一度あった現象と同じだ。
バルザードの進化！

モブから始まる探索英雄譚6

海翔

HJ文庫
1078

口絵・本文イラスト　あるみっく

The story of
an exploration hero
who has worked his way up
from common people

CONTENTS

プロローグ

今日はバレンタインデーだ。

バレンタインデー、それは俺にとってはクリスマスに次ぐ悪夢のようなイベントだった。

モテる奴にはこれ程楽しいイベントはないのだろうが、非モテの俺には苦行の様な一日だ。

小学校三年生の時以来、この忌むべき日に母親以外から一度もチョコレートを貰った事がない。

毎年バレンタインデーの朝は気が重い。

バレンタインデーが土日だった年は、心の底からハッピーだった。

去年までの俺は、朝から重い身体を無理やり立たせてトボトボと学校まで向かっていった。

百パーセント誰からも貰えないのが分かっていても、奇跡が起きないかとあり得ない妄想に頭を支配されて、朝の靴箱を見る。

もちろん何も入ってはいないが、軽くショックを受けながらも、そのことを誰にも気づかれないように教室に向かう。

次に机の中とロッカーに何かいつもと違うものが入っていないか、コソッと確認するが、もちろん何も入っていない。

次はお昼休みに誰かが手渡ししてくれるというミラクルに期待するが当然そんな青春イベントは起きず、周りではちらほらイベント発生したモテキャラ達がアオハルオーラを漲らせており、更に俺の心が悲鳴を上げる。

そして最後に放課後イベントを期待しながら何も起こることは無くダンジョンに直行して、スライム相手にストレスの発散をしダークサイドに落ちるのを踏み止まる。そして夜家に帰ると母親からオンリーワンのチョコレートをもらう。母親からでもないよりはマシだと思ってしまう自分が悲しかった。

去年迄の俺はこれの繰り返しだったが今年の俺は違う。

今年は買い物友達になった春香がいる。友達となった春香ならチョコレートくれるんじゃないだろうか。

仮に義理チョコだとしても同じチョコレートだ。カカオが入っていれば本命と同じチョコレートには違いない。

学校に向かっているが、去年までの身体の重さが嘘(うそ)のように感じられない。寒いが清々(すがすが)しい朝だ。

学校についてから、いつものように真司(しんじ)と隼人(はやと)に声をかける。

「は〜っ。ふ〜ぅ」

「朝からため息がすごいな隼人」

「そりゃそうだろ。俺は今年もチョコレートをもらえる可能性ゼロなんだよ。一体誰がバレンタインデーなんてものを考えついたんだろうな。俺はバレンタインさんなんか見たことも聞いたこともないぞ」

「いつにも増して荒(あ)れてるな」

「そりゃあ去年お仲間だった二人が裏切って、俺一人になっちゃったからに決まってるだろ」

「俺は別に裏切ってないぞ」

「俺も裏切ってないけど」

「お前ら二人はチョコレート確定だろ。しかも本命チョコだぞ。もしかしたら手作りかもな。食べて糖分取りすぎで病気になるかもな。は〜」

「ちょっと待て。俺のは本命チョコってのとは違うと思うぞ。もしかしたら真司はそうかもしれないけど。そもそもくれるかどうかも分からないだろ」

「は〜っ、どう考えても海斗が一番可能性高いだろ。あ〜俺にもおまけでいいからくれないかな」

　隼人の気持ちは痛い程に分かるが、俺も貰えるまではどうなるか分からないので、だんだんと緊張して意識し始めてしまった。俺の緊張をよそに、何事もなく授業が始まってしまったのでとりあえず朝にもらえる可能性は無くなってしまった。

　残るは昼休みと放課後だ。

　注意力散漫になりながら授業を受けているうち、あっという間にお昼休みを迎えた。

　三人で昼ごはんを食べていると、春香と前澤さんがこっちへと向かって来るのが見えた。

　このタイミングで来るって事は遂にか！

　近づいて来たのを気づかないふりをして一心不乱に弁当を食べる。

「ちょっといいかな？」

　きた〜！

　遂にこの時が来た。

「はい、何でしょうか春香さん」

「今日バレンタインデーでしょ。だから悠美と一緒にトリュフを作ってみたんだ。よかったら食べてみて」

「あ、ありがとう」

え？　なんでトリュフ？　チョコレートじゃなくてトリュフ？　トリュフってキノコだよな。

　前澤さんがトリュフの入った袋を真司に手渡す。

「そうよ、二人で頑張って作ったんだから残さず食べてよ。はい、真司くんに」

「前澤さん……ありがとう。俺、これは一生大事にするよ」

「真司くん、早く食べないと傷むから一生持っておくのはやめてね」

　真司を見ると感動で今にもどこかへ飛んでいきそうな表情をしている。前澤さんも二人で作ったと言っているがトリュフって作れるのか？　まさかこの日に合わせて自家栽培したとも思えない。

「それとこれは二人から。はい」

「えっ？　俺？　俺にもくれるの？　嘘！　しかも手作り？　信じられない！　ありがとう、ありがとう」

　二人が隼人にも作っていた様で前澤さんが渡してきたが、隼人は、予想していなかった分真司以上に感激してしまい、今にも泣き出してしまいそうだ。

「そこまで喜んでもらえると作った甲斐があったよ。三人とも食べたらまた感想聞かせてね」

「ああ、ありがとう」

「もちろんです」

「必ず感想をしたためます」

二人はトリュフを俺達に渡すと席に戻っていった。

「俺感激だよ。まさか俺の分まで用意してくれてると思わなかった。義理でも感動だよ」

「ああ、そうか。よかったな」

「何だよ海斗、あんまり嬉しそうじゃないな」

「だってトリュフだぞ」

「トリュフ最高じゃないか」

「だってキノコだぞ」

「は～？　キノコ？　お前まさかトリュフってキノコの事だと思ってるのか？」

「えっ？　違うのか？」

「違うに決まってるだろ。キノコみたいな形の高級なチョコレートだよ。馬鹿だな」

なんだと？　キノコみたいな形のチョコレート？　そうなのか。完全に勘違いしていた。

俺は慌てて春香と前澤さんの所に行ってお礼を言いなおす。

「ごめん。俺、キノコと勘違いしちゃってた。トリュフ本当にありがとう。すごく嬉しいです。チョコレートありがとう。絶対食べるからありがとう」

「ああ、それでだったの。海斗チョコレートが嫌いだったのかと思ったよ。違う物にすればよかったかなと思ってたところだったんだけど」

「チョコレート大好きです。最高です。本当に嬉しいです。ありがとう」

「そんなに喜んでもらえて私も嬉しいよ」

しかし恥ずかしい。盛大に勘違いしてしまった。今までの俺の人生にトリュフという名前のチョコレートが登場したことは無かったので完全にキノコだと思ってしまった。

世の中でトリュフという名前のチョコレートはそんなに市民権を得ているのだろうか？

勘違いで恥ずかしい思いをしたもののそれ以上に最高のバレンタインデーだ。たとえお友達用の義理チョコだとしても最高だ。

最高に幸せな気持ちになったので、放課後のダンジョンでもテンションは最高潮だった。

「シル、今日のあいつおかしくないか？」

「そうですね。いつもより楽しそうですね」

「あれは女だな。何かいい事があったに違いないな」

「春香様でしょうか？」

「多分そうだな」

「しばらくしたら二人で探ってみましょうか」

「そうだな」

テンションＭＡＸの俺は全く二人の会話には気づきもしなかった。

家に帰るといつものように母親がチョコレートを買ってきてくれていたので、有難く頂戴した。

その日の夜生まれて初めて手作りのトリュフを食べた。カカオさえ入っていれば全部同じチョコレートだと思っていたが、全く違った。

おいしい。手作りと言うエッセンスが加わるとこんなに美味しいのか。いや春香が作るとチョコレートはこんなに美味しくなるのか。真司と隼人も今頃感動しているに違いない。

そのあと母親にもらったチョコレートも有難く食べてみたが普通に美味しかった。

次の日に春香と前澤さんに再度お礼を言っておいた。

「トリュフ美味しかったよ。あんなに美味しいと思わなかったよ。ありがとう」

真司と隼人は既にお礼を済ませていたようで、俺以上に熱烈なお礼を言ったらしく、

「三人ともそんなに喜んでくれると思わなかったから、こっちも嬉しいよ」

「そうよね。真司くん達凄かったもんね。味覚を永久保存するとか言ってたしね」

バレンタインデーは最高だ。

来年も春香からチョコレートをもらえるといいな。

第一章 闇と共に無音で敵を葬り去る者

俺は今十三階層を進んでいる。

「ミク、ありがとうな」

「海斗(かいと)、いきなりどうしたのよ」

「先週休ませてもらって、家族旅行に行ってきたんだけど、行って良かったよ。ミクのおかげだよ」

「私は何もしてないけど」

「いや、家族旅行にでも行ったらって言ってくれただろ。俺にその発想はなかったから。両親共喜んでくれたよ」

「そう、良かったじゃない」

「父親ともいっぱい話せたし、また機会があったら行ってみるよ」

ミクと話しながら進んでいるが、かなりこの階層にも慣れてきた。

大型のトレントも交じってはいるものの、問題無くダンジョンを進んでいる。

「ご主人様、敵モンスターです。三体います」

「それじゃあ、さっきと同じ感じでいってみようか」

この階層のトレントは待ち受け型なので焦(あせ)っても全く意味はない。落ち着いてゆっくりと近づいていく。

前方に大型のトレントが小さく見えてきたが、二体しか見えない。

もう一体はどこだ？　小型のトレントが交じっているのか？

「シル、三体目が見えないんだけど、どこにいるか分かるか？」

「はい、小さくですが見えています。ただあれは……」

「どうかしたのか？」

「はい。あれは木の精霊(せいれい)ドリュアスだと思われます」

「木の精霊って敵なのか？」

「海斗、言っただろ、神だろうが悪魔(あくま)だろうが敵なんだよ。精霊も敵に決まってるだろ」

俺の目にはまだ見えないが、シル達には見えているようだ。木の精霊というぐらいだからトレントに羽でも生えているのかもしれない
警戒(けいかい)しながら更に近づいていくと、ようやく俺にも目視する事が出来た。

二体の大型のトレントの間にそれはいた。

そこに居たのは緑色の髪をなびかせた女性だった。

「シル……あれが精霊か？」

「そうです、木の精霊ドリュアスに間違いありません」

木の精霊って完全に人間に見えるぞ。しかもかなりの美人だ。

「あれと戦うのか？」

「もちろんです。倒さなければ進めませんので」

考えてみると今までゴブリン等の二足歩行のモンスターとはそれなりに戦ってきたが、完全な人型となるとベルリアくらいだろう。

しかもベルリアは、おっさんで完全な悪役スタイルだったから躊躇する事はなかったが、本当に目の前の綺麗な女性を倒さなければならないのか？

どこからどう見ても人に見える。緑の髪なのでどこかの美人コスプレイヤーだと言われたら完全に信じてしまうレベルだ。

「みんな……」

「海斗、しっかりして。人に見えても人じゃないのよ」

「海斗、見た目に惑わされるな」

「やるのですよ」

俺以外のパーティメンバーは冷静のようだ。俺も気を取り直して指示を出す。

「ドリュアスは能力がわからないから、大型のトレントから叩こう。右のを俺とあいりさんとシルで左のをベルリアとルシェとヒカリンでやるぞ。ミクとスナッチはドリュアスを牽制してくれ」

それぞれの役割を果たすべく、一斉に攻撃を開始する。

今回は大型二体と未知の敵なので、出し惜しみはなしでいく。

大型のトレント目掛けて俺とあいりさんが駆けていくが、行く手を草や蔓が邪魔をしてくるせいでスピードがでない。

今までの大型トレントは、こんなのは使って来なかったのでドリュアスの能力かもしれない。

武器で蔓を斬りながら進もうとするが、手間取っている間にトレントの攻撃が眼前に迫ってきてしまったので、大きく避ける。

無事に避けたと思った瞬間、更にトレントの枝から蔦が伸びて来て俺を捕らえようと迫ってきたので、バルザードで蔦を振り払う。

あいりさんも同じ状況だが、脚が鈍った所を、トレントが連続攻撃をかけてくるので避けながらバルザードの斬撃を飛ばして迎撃する。

ありがちなパターンなので焦ったりする事はないが、トレントの手数が多く思うように攻撃出来ず、非常にまどろっこしい。

ミク達もドリュアスを攻撃してくれているが、周囲を覆う蔦や植物に攻撃を遮られているようだ。

もしかしたら先にドリュアスをしとめた方が良かったかもしれないが、今更変更はきかない。

バルザードの斬撃でトレントの攻撃を防いでそのまま懐まで踏み入るが、絶えず足元に蔦が絡まってこようとするので、短期決戦で臨む。

俺はバルザードの斬撃を幹に向かって飛ばし、あいりさんも『アイアンボール』を至近距離から放ちビッグトレントの攻撃を退ける。

二人の攻撃により完全に無防備となったビッグトレントに対して追撃をかける。

「シル、今だ。頼んだぞ！」

「はい、おまかせください。『神の雷撃』」

シルの雷撃がビッグトレントに降り注ぎ、太い幹の部分が焼け焦げ真っ二つに割れた。

さすがはシルだ。トレントの耐性など関係ない程の威力だ。

もう一体のビッグトレントは、俺達が倒したトレントとほぼ同時に焼失した。

ベルリアが露払いをして、炎を操る二人の攻撃で難なく倒せたようだ。

「みんな、後はドリュアスだけだ。一気に片をつけよう」

ドリュアスに向けて、俺とベルリアとあいりさんの三人が突っ込み、ミクとヒカリンが後方からの攻撃でしとめにかかる。

先程同様、足元と前方に蔦が生えて来て行く手を阻もうとしてくる。

ミク達の炎弾も植物に遮られて本体にはダメージが届いていない。

ただドリュアス自身にそれ程攻撃手段がないのか、こちらにも特に被害は見当たらないのでこのまま押し切れば、特に問題なく終われるだろう。

更に攻撃の手を強めて五人で押し込むと、さすがに植物だけでは守りきれなくなったようで、緑の髪の女性が無防備な状態で現れた。

「決める！」

とどめをさすべく更に踏み込んだ瞬間にドリュアスとバッチリ目が合ってしまった。

目が合った瞬間、引き込まれる様な錯覚を覚えて、振るおうとしていた手が止まってしまった。

「海斗、止まるなっ！」

斜め後ろからあいりさんの声で、ハッとなりそれに従う様にして一旦後ろに下がる。

「海斗、どうしたんだ。完全にしとめる事ができるタイミングだったぞ」

「すいません。もう一度、俺がいきます」

自分でもどうして動きを止めてしまったのかよく分からないが次こそしとめる。

再度、植物の障壁を排除してドリュアスに斬りかかろうとしたが、体が動かなかった。

目の前にいるのは、精霊の一種とはいえ敵、モンスターの類である事は十分に理解している。

理解しているから今の今まで全力で倒しにかかっていた。そのはずなのにドリュアスにとどめを刺そうとした瞬間なぜか身体が動かない。

このドリュアスの　目を　顔を　姿を　見た瞬間身体が動かない。

完全に人の姿をしているこの相手を手にかける事ができない。

俺にはできない……。

「海斗、そこをどけ！　なに魅了されてるんだよ。ドリュアスの能力の魅了だ！」

今度は背後からルシェの声が聞こえてきた。

魅了？　俺は魅了されたのか？

ルシェの言葉の意味を理解する事に、少しだけ時間を要したが、俺はその言葉に従い攻撃をやめて横に回避した。

「精霊風情が海斗を魅了なんかしてるんじゃないぞ！　『破滅の獄炎』」

ルシェの獄炎がドリュアスを包み込み一瞬にして灰に帰した。

ドリュアスは灰となり戦闘には勝利する事ができたが、俺の中には言い表す事の難しい感情が残されてしまった。

「海斗、ガードが甘いんじゃないのか？　あの程度の精霊に魅了されるとはどうなってるんだ！」

「いや、どうなってるって言われても、目を見た瞬間身体が動かなくなっちゃったんだ」

「普段からわたしやシルを見ているくせに、あんな緑の髪のやつなんかに。そんなに大人が良いのか？　胸が大きい方が良いんだな？　そうなんだな？　わたしだって……」

ルシェのお叱りはもっともだ。敵に魅了されて攻撃できなくなるとは情けない。それに幼女よりは大人の女性の方が良いのも否定はできない。

胸も無いよりはあった方が……。

それはともかく、いずれにしても初めてかかってしまった精神系のスキルは強烈だった。目の前の敵にとどめをさす事ができなかった。今後かからない様に注意して臨むしかない。

ルシェの助けでドリュアスを倒す事に成功はしたが、戦闘後思った以上に精神的に消耗していたのでドリュアスを撃破した後、みんなと相談して今日はもう引き上げる事にした。
家で晩ご飯を食べてからお風呂にも入って、明日に備えていつもより早めに眠る事にしたが、灯りを消してから布団の中に入って目をつぶると、頭の中に今日倒したドリュアスの瞳が浮かんできた。

魅了の効果は戦闘時のみの一時的なものなので間違いなく影響は無くなっているはずだが、あの時感じた、感情は覚えている。

緑の髪の女性……。

あの瞬間は、モンスターとは思えず、明らかに自分と同じ人間であるかのような錯覚を覚えて身体が動かなかった。その感覚がまだ俺の中に残っている。

今迄もモンスターが生き物であるという認識は勿論あった。

そしてダンジョン探索もリアルであり、命の危険がある事もしっかりと認識出来ていた。

ただ、そのファンタジーやゲームの登場物のような見た目から俺の中でモンスターを倒す行為はVRMMOの中でモンスターを倒す行為と近しい感覚だった。それ程抵抗感も無く倒せていたし、倒しても消えて魔核が残るだけなので、相手の死をそれ程意識する事は無かった。

ただ今回の事で漠然としていた認識がはっきりとしたものに変わった。

モンスターも生きている。

人型のドリュアスは勿論他のモンスターだって生きている。

それを毎日俺は狩っているのだ。

「そうだよな～。当たり前だよな。あ～～」

しかもドリュアスのような完全に人型の敵を倒した事、更には魅了の効果でシンパシーを感じた状態で倒した事は、俺の精神にかなりの影響を与えたようだ。

このまま探索を続ければまたドリュアスにも出会うかもしれない。ドリュアスだけでなく、天使やシル達の同胞にも遭遇するかもしれない。

その時に俺は倒す事が出来るだろうか。

躊躇無くとどめをさす事が出来るだろうか。

ドリュアスのあの瞳が脳裏をよぎる。

普段、人とろくに喧嘩もした事がない俺が人型のモンスターのとどめをさす。

「う～。あ～。きついな……」

人型でなくとも命を絶っている事に違いはない。

今まで勢いと楽しいだけできてしまった部分は否めないが、自覚してしまった以上このままではいけない。

俺には明日から探索者をやめる事はできない。自分勝手かもしれないがやめる事が出来ない程にダンジョン探索にハマり込んでいる。

探索者を続ける以上避けては通れない。

そして俺が躊躇する事で他のメンバーを危険に晒(さら)す。

メンバーそしてサーバントが危険に晒されている状況を思(おも)い浮かべる。

以前ベルリアと戦った時の情景が思い浮かぶ。

あの時に感じた、どうしようもない絶望感と焦燥(しょうそう)感、そして俺を守るために傷ついたメンバーの姿。

今思い浮かべても自分への怒(いか)りが収まらない。

二度とあんな思いはしたくないし、メンバーにさせたくない。結論の出ないそんな事ばかり頭の中でぐるぐると考えていると時刻は深夜の一時三十分になっていた。何とか寝(ね)ようと無心を心がけて、うだうだしているうちにいつの間にか眠りについていた。

そして目覚まし時計の音でいつものように朝の六時三十分に目が覚めた。

「あ〜眠いな〜」

今日もパーティメンバーと一緒に十三階層に潜(もぐ)る。

正直自分のやっている事に正当性を見出(みいだ)す事は難しい。

だけど、俺はこれからも探索者を続ける事を決めてしまっている。

モンスターをこれからも狩る以上、罪悪感を覚える事もあるだろう。

躊躇する事もあるかもしれない。

だけど俺の出した答えは、今まで通りに続ける事だった。

今まで通り続ける事は自分のエゴを通す事だと思う。自分に都合の良い勝手な理屈を捏ねる事だと思う。

それにより俺の心が軋む事もあるだろうが、これは自分で決めた事への責任なのでしっかりと心に刻み込んで進んでいきたい。

一日悩んでみたが簡単に割り切れる事ではない事を理解したので、その上で俺はこれからもモンスターを倒しながらダンジョンを進んでいく。

決意を新たにしたからといって正直一日で気持ちの切り替えが完全に出来た訳ではないが、目の前の事に集中するしかない。

「海斗、昨日ちょっとおかしかったけど、もう大丈夫なの？」

「ああ、まあ、大丈夫。いろいろ考える事があって」

「そう。悩みがあったら相談ぐらいのるわよ」

「うん、まあ、とりあえず大丈夫だと思う」

昨日は余程精神的にきていたのか、ミクにも悟られていたらしい。

間違ってもメンバーにも迷惑がかからないようしっかり集中だ。

「海斗、お前馬鹿だろ」

「ルシェ、急に何だよ」

「昨日のドリュアスだろ」

「なにを言ってるんだよ」

「顔と態度に出過ぎなんだよ。あれはただの敵だぞ、いちいち気にするだけ無駄だ」

「……………」

「見た目が人型なだけのモンスターだぞ。精霊っていってもゴブリンとかと大差無いぞ」

「そうは言ってもな〜。やっぱりゴブリンとは違うぞ」

「それはお前が女好きだからだろ」

「違うって。そうじゃない」

「まあ、女はわたしが片っ端から潰してやるから安心しろ」

ルシェにまで心配されてしまったが、随分と不穏な言葉だ。

『女は片っ端から潰す』

別に男でも人型であれば同じことだと思うが、その場合はどうするつもりなのか。

「ご主人様、前方にモンスターです。頑張って下さいね」

ここまでみんなに気を遣われて頑張らない訳にはいかない。

向かって行くと、そこにはドリュアスが二体待ち構えていた。

どうやら精霊とはいえ火蜥蜴と同じようにドリュアスは一体限定のモンスターではないらしい。

「は〜っ、ふ〜」

俺は深呼吸をして気持ちを整える。昨日も考えたが、この道を進む限り避けては通れない。

「前衛にあいりさんとベルリアが立ってください。俺は後ろから右の奴をしとめます。ヒカリンとミク、スナッチでフォローともう一体の足止めを頼んだ。シルとルシェは待機だ」

覚悟は決まっているが、目を見るとまた魅了されてしまう可能性があるので、俺はナイトブリンガーの能力を発動して、気配を薄める。更に自分自身の気配も薄めるよう意識をして、ドリュアスの正面から外れて、ドリュアスの意識を俺から外す。

意図を汲んだベルリアとあいりさんが正面から同時に斬り込む。

植物の盾により防がれるが、別方向からミクがスピットファイアを連射してドリュアスの意識を逸らす。

もう一体はヒカリンとスナッチで牽制してその場に留め置いている。

完全にドリュアス二体の意識は、俺から逸れた。

素早く音を立てないようにドリュアスの横を回り背後に近づく。

「ふ～」

俺はもう一度大きく静かに息を吐き覚悟を決め、一気にドリュアスの背後まで回り込んでからバルザードをドリュアスの背中に突き立て、切断のイメージを重ねそのまま横薙ぎに振るい真っ二つに斬り裂いた。

魅了はされていない。それでもバルザードを突き立て斬り裂いた瞬間に俺の精神に大きな負荷がかかるが、覚悟していた事なので動きが止まる事はなかった。

俺が一体倒すと同時にミクは攻撃を残りの一体に向け、あいりさんもその場から『アイアンボール』を放つ。

それを口火にヒカリンも『ファイアボルト』を仕掛けたのでドリュアスの意識は完全に前方へと注がれた。

俺はそのまま、大きめに迂回して背後に近づく。

ベルリアも意図を汲んで意識を逸らせるべく前方から斬りかかってくれている。

「す～っふ～」

再度呼吸を静かに整えてから、完全に無防備となったドリュアスの背中に一気に踏み込み、バルザードを突き立て、先程と同じく切断のイメージをのせて一気にしとめた。

ふ～。今度はシルとルシェの力を借りずにドリュアスを倒せた。

いつも以上に疲れたが、どうにか二体とも俺がとどめをさせたので良かった。

戦闘が終了してから、地面を見ると久々にドロップアイテムが残されていた。

「これ何だ？　ドロップアイテムだよな」

久々に残されていたドロップアイテムだが、どう見てもアイテムには見えない。

「ミク、これって何？」

「多分種じゃない？　植物の種」

大きさは大体俺の拳大で、梅干しの種を大きくしたような形をしているので確かに種の様にも見える。

「これって食べられるのかな？」

「いえ、食べられるとは思えないわね」

「海斗さん、これを食べようって発想がすごいのです」

「そうは言っても食べる以外に何か使い道がある気がしないんだけど。これってアイテムとして使えると思う？」

「そうですね。敵に向かって投げると爆発するとか、食モンスター植物が飛び出すとかですかね」

「本気で言ってる?」

「すいません。多分ないですよね。冗談なのです」

手にとって見ても、硬くて大きい種と言う以外に特に変わった所も無さそうだ。

「海斗、多分なんだが、聞いた事がある。ダンジョンの植物は切り取って地上に持って帰っても、地上に根付く事はないが、ドロップアイテムとして持ち帰った植物については地上でも活動を続ける事があるそうだ」

「それじゃあ、これってダンジョンの植物の種って事ですか?」

「恐らくそうだろう」

「この種を持ち帰って地上で植えるとダンジョンの植物が育つかもしれないって事ですよね」

「そうなるな。そういうドロップアイテムは一般人には全く必要とされないが、地上の研究者にはたまらないアイテムなんだそうだ」

「そうなんですか? それじゃあ、この変な種ってギルドで買い取ってもらえるんですかね」

「種類によって金額は異なるようだが研究用としてそれなりの金額で買ってもらえると思う」

久々にドロップアイテムが出たというのに訳の分からない大きな種が残されてどうしようかと思ったが、そういう事なら嬉しい限りだ。

「それにしても久々のドロップアイテムね」

「そうですよね。最近本当にドロップしなくなりましたよね」

「ああ、それは私も感じていた。最近というか、このパーティで活動するようになってからドロップが極端に少なくなった気がするな」

「あ～！　あいりさんもそう思いますか～。わたしだけかと思ってたんですけど、やっぱりそうですよね」

パーティメンバーがドロップアイテムについて話をしているのがしっかりと耳に入って来るが明らかに会話の内容がおかしい。

確かに久々のドロップアイテムであるのは間違いないが、俺からするとドロップするペースはむしろ上がっているように感じる。

俺がK-12のメンバーとパーティを組むまでは特殊モンスターからアイテムドロップした以外は一度もドロップした事がない。

こうして通常のモンスターからドロップする事自体が俺からするとすごい事なのだが、どうやらみんなの認識はそうではないらしい。

「海斗もそう思わない？」

「え、えっ？　そ、そうかな～。そうかもしれないな～。どうかな～」

「その返事は何？　何かあるの？」

「い、いや～何もないよ。あるわけないじゃないか。ははは……」

「海斗さん怪(あや)し過ぎますよ」

「もしかして海斗は余りドロップアイテムを手に入れた事がないのか？」

「いや～、一応サーバントカードとバルザードとかを……」

「そういえば海斗さん、モンスターミートを手に入れた時に初めてだって言ってましたよね」

「まさかレアなアイテム以外はドロップした事が無いって事？」

「ま、まあそういう事もあるかもしれないな」

「そんな事ってあるの？　それにレアアイテムって言ってもレア度が高すぎない？　しかもそれ以外は無いの？」

「はい……」

「もしかして、ドロップが少なくなったのって……」

「海斗さんの……」

「そんな事ありえるのか？」

「……」

恐らく、みんなの話を聞く限りドロップ率が下がったのは俺のせいではないだろうか？

俺の特殊体質？　いや末吉パワーのせいでドロップ率が著しく下がってしまったのか？

俺はむしろ増えたと感じていたのだが、もしかしてこれはみんなのお陰で、俺の本来持つドロップ率がパーティ補正で向上したからなのか。

どういう原理かわからないが、それなら説明がついてしまう。

俺のせいでみんなのドロップ率が下がってしまっているとしたら……。

どうしよう。

「まあ、海斗っぽいわね」

「そうですよね」

「まあ、それも個性だな」

「怒ってないの？」

「だって怒りようがないじゃない」

「そうですよ。ドロップは少なくなりましたけど、わたしは今の方が楽しいのです」

「そうだぞ、ドロップアイテム以上に海斗には世話になってるから気にするな」

なんと優しいお言葉だろう。やっぱり俺はこのパーティで良かった。俺の特殊体質を受け入れてくれるみんなの器の大きさが心に染みる。

でも本当に俺は特殊体質なんだろうか？

ドロップアイテムと特異体質の事に気を取られていたが、何気にステータスを確認するとレベルが上がっていた。

ステータスには個人差があるのでレベル自体にはそれほど意味は無いのは分かっているが、やはりレベル20に達した事は一つの区切りとなる数字でもあり素直に嬉しい。

このタイミングでのレベルアップは、恐らく遠征先のダンジョンでの経験値とこれまでの経験値が合わさってレベルアップしたのだろう。

しかし、今回とどめを二体とも俺がしたので、経験値にラストアタックが関係しているのであれば少し複雑だが、こればかりはどうしようもない。

「みんな、俺さっきの戦闘でレベルアップしたみたい。レベル20になったよ」

「レベル20ですか。すごいのです」

「もう立派な中級探索者だな」

「私も早くレベル20になってみたいわ。そういえば何かスキルとか魔法は発現したの？」

ミクに言われて、再びステータスをじっくりと見てみる。

高木　海斗
ジョブ　アサシン　NEW
LV　19→20
HP　70→75
MP　42→46
BP　71→76
スキル
スライムスレイヤー
ゴブリンスレイヤー（微）
神の祝福
ウォーターボール
苦痛耐性（微）
愚者の一撃

これは……なんだ。

ステータスは軒並み良い伸びを示しているが、大きな問題が発生している。

「あの～ミクさん、スキルも魔法も発現してないんだけど、一番初めにジョブっていうのがあるんだ」

「ジョブって何？」

「いや俺が聞きたいんだけど、ジョブって何？」

「どういう意味？　ジョブっていうスキルが発現してるって事なの？」

「海斗さんジョブって職業って意味ではないのですか？」

「それは俺にもわかるんだけど」

「海斗、ジョブとだけ表示されているのか？」

「いや、それがジョブの所に『アサシン』と表示されています」

「それって……」

普通に考えて、俺の職業が『アサシン』って事だよな。

ちょっと待ってくれ。職業『アサシン』ってやばすぎるだろう。

ポイントカードの申し込みとかの職業欄に『アサシン』って書いたらいったいどうなる

んだ？

多分通らないんじゃないだろうか。

しかもアサシンって日本語だと暗殺者だぞ。

俺は暗殺者なんかじゃない。誰も殺した事はないぞ。

しかもこの日本で暗殺者が合法だとも思えない。

「海斗さん、やっぱり『アサシン』だったのですね」

「いやいや、俺は『アサシン』なんかじゃないって」

「だってステータスにジョブ『アサシン』って表示されてるんですよね」

「それはそうだけど」

「じゃあやっぱり『アサシン』じゃないですか。元々忍者かアサシンぽいなとは思ってたんですよね」

忍者かアサシンぽいってヒカリン、それはゲームの中の話ではないですかね。俺は、現実の世界のステータスに『アサシン』って表示されてるんですよ。

「海斗、ジョブとアサシンの詳細は見れないの？」

「やってみるよ」

俺はステータスのジョブとアサシンの所に意識を向ける。

ジョブ……対象者が特定の動作を行う場合に補正がかかる。

アサシン……闇(やみ)と共に無音で敵を葬(ほうむ)り去る者。

なんだこれ……。

ジョブは分かった。恐らくジョブに該当(がいとう)する職業に沿った行動をとった時に補正がかかるのだろう。

つまり俺の場合は『アサシン』としての行動をとった時に能力補正がかかるという事だろう。

しかし問題は『アサシン』だ。闇と共に無音で敵を葬り去る者。これはいったいなんだ？

闇と共にって俺、闇の住人みたいなんだけど。しかも無音で敵を葬り去る者って何だ？

「海斗、どうだったのよ」

「それが、見れるには見れたんだけど……」

「どうだったのよ。歯切れが悪いわね」

「う～ん。それが……」

これを普通に話して大丈夫だろうか？

闇と共に無音で敵を葬り去る者。

「それが、確認は出来たんだけど……」

「だからどうだったのよ」

「う～ん。ジョブはやっぱり職業の事みたいだけど、恐らく該当する職業に沿った行動をとった時に補正がかかるっぽい」

「それじゃあ、海斗の場合『アサシン』に沿った行動をとった場合に補正がかかるって事？」

「まあ、そういう事だと思うんだけど」

「海斗さん『アサシン』に沿った行動って暗殺なのです」

「ヒカリン、暗殺って……」

「だって『アサシン』って暗殺者の事ですよ。暗殺者といえば暗殺ですよね」

「いや、俺は暗殺者じゃないよ」

「だが、海斗のジョブは『アサシン』なのだろう？」

「それはそうなんですが……」

メンバーは間違った事を言っているわけではないので言い返す事が出来ない。

「それで『アサシン』ってあの『アサシン』なの？」

「あのって言うのがどれの事か分からないけど、多分そう」

「じゃあ本当に暗殺者なんだ」

「いや、暗殺者じゃなくて闇と共に無音で敵を葬り去る者だよ」

「はい？」

「いや、だから闇と共に無音で敵を葬り去る者だ」

「海斗さん、大丈夫ですか？　レベルアップしておかしくなっちゃったのですか？」

「おかしくなったんじゃないよ」

「海斗、余りにその説明は厨二感が出過ぎていると思うのだが」

「いや、だって本当にそうなんですよ」

「海斗……」

「本当だって、本当にステータス画面にそう出てるんだって」

「本当なのですか？」

「本当だって。こんな嘘ついても仕方ないだろ」

「ご主人様。闇と共に無音で敵を葬り去る者ですね。カッコいいです。さすがです」

「ありがとう。そう言ってもらえると嬉しいよ」

「しかし海斗が『アサシン』か。呑気な『アサシン』もいたもんだな」

ルシェの声はいつも通りスルーしておくが、そもそも探索者のステータスにジョブシステムがあるなんて聞いた事がない。レベル20になったら、みんな何かのジョブについているのか？

「それより俺は知らなかったけど、ジョブシステムってあったんだな。みんな知ってた？」

「いえ、聞いた事ないわ」

「わたしも無いのです」

「前にレベル20を超えた探索者と臨時パーティを組んだ事があるがそんな話は出て来なかったな」

「そうですか。でも俺、英雄目指してたんですよ。どうせジョブにつくなら勇者とか聖騎士とかせめて暗黒騎士とかが良かったです」

「海斗さん、それはあまりに厨二感が出過ぎでは……」

「海斗が勇者は厳しいんじゃない？」

「そうだな。聖騎士なんか憧れはするが、それはあくまでゲームの話じゃないか？」

「いや、そうは言いますが『アサシン』も十分ゲームっぽいですよ。俺のジョブは『アサシン』なんだって人に言ったらどう思いますか？」

「確かに危ないな。聖騎士ですと言うのと変わらない。すまなかった」

冗談抜きで聖騎士とかのジョブが発現したら俺はみんなに自慢していたかもしれない。

目標である英雄に一歩近づいたと納得出来たかもしれない。

ただ実際には『アサシン』だ。どう考えても英雄から離れていっている気がする。

『アサシン』で英雄ってそんな事あるのだろうか？

何となく悪くてダークなイメージしかない。どう考えても主人公にはなれないキャラクターな気がする。むしろ敵に出てきそうだ。

「海斗さん、もしかしたらジョブシステムは重度の厨二病の人にだけ発現するのかもしれませんよ」

「ありえるわね」

「いやいや、ありえないでしょ。それに俺は重度の厨二病なんかじゃないよ。それにみんなだってカードゲームとかするんだから同類だろ」

「私もレベルが上がれば聖騎士とかのジョブが発現するのだろうか？」

「あいりさん、多分海斗だけです。海斗が特殊なんですよ」

『そうですよ。何しろ『黒い彗星』ですからね。『アサシンは黒い彗星』って何かアニメのタイトルみたいじゃないですか」

「ああ確かに」

完全に遊ばれている。全く悪意は感じないので、怒りは感じないがメンバーに弄ばれている。

俺のステータスに発現したジョブと『アサシン』の意味は理解出来たが、効果についてはやってみないと分からないので、探索のついでに検証してみることにした。

検証してみると言っても、スキルと違って呪文がある訳でも無さそうなので戦ってみるしかない。

「そろそろ、敵に遭遇しても良さそうだけどな～」

「そんな都合良くはいかないわよ。私達も『アサシン』のジョブに興味があるからみんなでよく見させてもらうわね」

「あんまり見られると緊張しちゃうよ」

「『アサシン』って緊張とは無縁な気がするんだけど」

「いや、あくまでもステータスが『アサシン』なだけで本物じゃないからね」

まあ俺も含めて聞いたことがないステータスの表示と、良く知られている『アサシン』に興味を持つなという方が無理がある。しかも知識としての『アサシン』は結構強い事が多いので期待されるのも分かるが、もちろん本物ではない俺はみんなに見られると緊張してしまう。

「ご主人様、いよいよですよ。前方にモンスターが三体います。頑張って下さいね」

「まあ、頑張りようがないけど頑張ってみるよ」

待っていても全く近づいて来る気配がないので全員で向かって行くと、そこには普通のトレントが三体いた。

「それじゃあ、俺が一番左側の奴をやってみるからミクがフォローをしてくれ。ベルリアとあいりさんは残り二体を足止めお願いします」

指示を出してからすぐに戦闘態勢に入る。

トレントに向かって駆け出すが、木の杭が飛んできたので避けると同時にバルザードの斬撃を飛ばす。

いつも通りの動作でトレントとの距離を詰めていくが、先程までと比べても特に変化はないような気がする。

別に威力が増したり、足が速くなったりもしていないと思う。

後方からミクがスピットファイアを連射し、目の前を遮る蔦を焼き払ってくれたので、そのまま突き切ってトレントの幹をバルザードで斬り落とした。

上手く倒せたがやはりいつもと同じような気がする。体感できる程このジョブの効果はないという事だろうか？

そのまま俺はナイトブリンガーの効果を発動させて、残りのトレントの背後に迫ろうとするが、今度は何となく身体が軽い気がする。軽いというか、いつもより速く走れている気がする。正確には速く走れているのか分からないが周囲のモンスターやメンバーの動きが若干だがゆっくりに感じる。

少しだけいつもと違う感じで劇的に変わったという事はないが、何か違う。

違和感を覚えながらも、トレントの背後に至りそのまま飛び込んでバルザードを突き刺すが、やはりここでも飛び込んだ時にいつもより素早く動けている気がする。

バルザードによる一撃で問題無くトレントを倒したが、威力は増した感じはない。

再び最後の一体を目指して走るが、やはり違和感を覚える。そして、先程は気づかなかったが、いつもに比べて走っている時の足音が減っている気がする。

全くの無音ではないが、いつもは全力で駆けるとそれなりの足音がしていたが、今はそれ程感じない。

これは明らかに『闇と共に無音で敵を葬り去る者』の効果が出ている気がする。

実際には無音ではないし、足音にまで反応を見せるモンスターがどれ程いるか分からないので効果としては微妙かもしれないが、確かに変化がある。

そのまま最後の一体の背後に立ち、あいりさんに意識が向いているトレントの幹を背部から斬り落としたが、バルザードを振るう手にも違和感があった。

なんとなくバルザードの刃がスムーズに通った気がする。

ただ二体目の時には、この感覚はなかったので、もしかしたら個体差による物で『アサシン』の効果によるものではないかもしれない。

いずれにしても、もう少し検証が必要だろう。

「どうだったのよ」

「どうって、外から見て分からなかった？」

「いつもと同じに見えたけど」

「はい、わたしにも同じに見えたのです」

どういうことだ？　俺(おれ)には実感があったが周りには同じに見えたようだ。感覚的には僅かな変化で劇的に向上したわけではないので第三者には変化を感じ取れないのか？

「俺的にはそれなりに違った気がするんだけど」

「どう違ったのよ」

「正面から戦った時は変化なかったんだけど、ナイトブリンガーを使って背後からしとめようとした時に、いつもより速く動けたり、足音が減ったりしたと思うんだけど」

「そうなの？　全然気づかなかったわ」

「わたしも気づかなかったのです」

「そうか、もしかしたら俺の気のせいかもしれないからもう一度やってみるよ」

ミクやヒカリンに違いが分からないと言われて自信が無くなって来たので、もう一度検証してみる事にする。

魔核を拾ってからダンジョンを奥へと進んでいくが、すぐに次の敵が現れた。

「ご主人様、敵モンスターです。二体のようですが動きが感じられないのでトレントだと思います」

「それじゃあ、みんなさっきと同じでお願いします。あいりさんとベルリアが対応している所を俺が後ろからしとめてみます」

俺達はさっきと同じ要領で倒すべくモンスターの方へと向かった。

しばらく進むとすぐにモンスターを発見する事が出来たが、目視できるモンスターはビッグトレント一体だけだ。シルはモンスター二体と言っていたのでもう一体いるはずだが、ここからは見当たらない。

「みんな、もう一体が見当たらないんだけど、誰か視えてる？」

誰からも返事はない。ここから見る限り草トレントらしき大きな草も生えてなさそうだ。

「もう一体が見当たらないから、シルとルシェはもう一体が現れたらいつでも対処できるように後方左右で待機しておいてくれ。ビッグトレントは打ち合わせ通りでいきましょう」

一体はどこにいるのか分からないので不測の事態にも対応出来るよう指示を出して戦闘

に臨む。

ミクとヒカリンが後方から攻撃をかけると同時にベルリアとあいりさんが駆け出す。

俺も少し間を置いてからナイトブリンガーの能力を発動してビッグトレントの正面から外れるように駆け出す。

まただ。やっぱり周りの景色が若干だがゆっくりと過ぎていく気がする。

だけど速く走れば、周りの風景はその分速く過ぎ去っていくはずなので、どうやら俺が速く走れているわけではない気がする。

感覚的に周りが遅くなったというか自分が周りより速く動いている様な錯覚を覚える。

感覚的な部分だけだが俺だけ加速して周りの時間経過がゆっくりになった感じがする。

そして足音も確実に軽減されている。

他のメンバーと交戦しているビッグトレントには全く気取られる事なく後方まで来る事が出来たので、そのまま背後から飛び込んでバルザードに切断のイメージをのせて斬りかかる。

大木と言って良い幹の太さがあるのでバルザードの能力を使っても一気に切断とはいかず、幹の三分の一程度の位置まで剣がめり込んで止まった。

今回の攻撃では前回のように威力が増したような感じはしない。

ビッグトレントは後方から突然斬りつけられた事に反応して、攻撃を後方に集中してきたので、その場を飛び退いてビッグトレントの攻撃を回避する。

流石に至近距離で敵に意識されると、ある程度認識されてしまうので、俺の居場所に近い所を攻撃してくる。

回避に集中するとビッグトレントの攻撃が微妙に遅い気がして、少しだけ余裕を持って避ける事が出来た。

後方の俺に攻撃の意識が集中した所をベルリアとあいりさんが突っ込み『アクセルブースト』の二連撃と『斬鉄撃』を俺の斬り込んだ部分に向けて放ち、そのまま斬り倒す事に成功した。

今の戦いで何となくだがこの『アサシン』の能力も分かってきた気がする。

だが、まだだ。上手く連携してビッグトレントを倒したが、なぜかもう一体は全く攻撃してこなかった。

「みんな、もう一体を探してくれ。絶対に気を抜かないで。何処かに潜んで此方を窺っているのかもしれない」

全員で注意深く周囲を見て回るが、それらしき敵は見当たらない。

「いないよな～。一体どこにいるんだ？」

「いませんね～」

周囲に芝生や草は生えているが、どう考えてもトレントと呼べる程の大きさは無い。

よく見ると端の方に少し大きな草が生えている。

全員で近づいて観察してみるが、これはあれだな。

「これって大根の葉っぱかな」

「かぶじゃないかしら」

「大根とかかぶとはちょっと違う気もするが」

「これが敵って事はないですよね」

「それは流石に無いだろう。埋まってるだけで出て来る気配は全くなさそうだ」

「これが敵だとしたら、もしかして引き抜いたら倒せるんじゃない？」

「そんなもんかな」

全く動きが無いし明らかに敵とは違うように思えるが、他に敵らしきものもいないのでミクに言われた通り引き抜いてみる事にした。

掴んでみるが、やはりただの葉っぱだ。

思いっきり力を込めて引き抜きにかかるがびくともしない。

「う～っ。抜けない」

「私も手伝うわ」

今度は二人で同時に引っ張るが抜けない。思いの外深くに埋まっているのかもしれない。

「私も手伝おう」

今度は三人で同時に引っ張るがやはりびくともしない。

「それじゃあ私も手伝いますね」

今度は四人でそれぞれ葉っぱを掴んで一気に抜きにかかるが抜けない。抜けはしないが、さっきまでより手応(てごた)えがありもう少しで抜ける気がする。

「ベルリアも一緒(いっしょ)に頼(たの)む」

「わかりました」

今度は五人がかりで引き抜くことにした。これ以上は持つところが無いので五人で抜けなければ諦(あきら)めるしかない。

「う～ん！　おっ、少し動いたぞ。もう一息じゃないか？」

全員で渾身(こんしん)の力を込めて抜きにかかる。あまり畑仕事などした事は無いが、みんなでやると童心に返ったようでなんか楽しい。

もう少しで抜けそうだがあと少しだけ力が足りないようだ。

「シルとルシェも後ろからでいいから引っ張ってくれるか？　もう少しだと思うんだ」

今度はシルとルシェが俺を抱えるような形になり全員で力を込めた。

今度はズッと擦れるような感覚が有り抜けてきた。

「よし、抜けてきた。一気に引っ張るぞ！」

そのまま一気に引き抜きにかかるが出てきたのはでかい人参のようだ。

頭の部分しか見えないが西洋人参ではなく漢方とかで使う人参の巨大なやつに見える。

抜いても食べられるとも思えないので意味は無さそうだが折角なので全部抜き切ってしまおうと思う。

「おりゃ～！」

俺の掛け声と共に大きな人参は一気にズルッと抜けた。抜けた人参の全体を見ると軽く一メートルは超えている。

これは抜けない筈だ。先端は二股に分かれているので余計抜け辛かったのだろう。

「でかいなぁ。これってダンジョン産の人参かな」

「そうね、でも敵でもなさそうね」

「ただの植物だったみたいですね」

「こんなに大きな人参は地上には無いな」

抜いた人参の大きさにメンバーも驚いているが、結局敵ではなかった様なのでもう一体の敵がどこにいるのか分からない。

「シル、やっぱり敵がいないんだけど」

「おい、その人参目があるんじゃないのか？」

「えっ？」

ルシェに言われて人参を見ると小さな点の様なものがついており、確かに目のように見えない事もない。

「じゃあ、これが敵か！　みんな攻撃を！」

そう指示を出した瞬間、点のような目の部分が開いてこちらと目が合った。

「ギャアアアアアアアアアアアアアア〜」

恐らく目の前の人参が発したのだと思うが、とんでもない音量の叫び声が聞こえたと思った瞬間、俺は意識を手放してしまった。

「う、うう〜ん」

だんだん意識が覚醒してきた。

俺は……。

あの大きな人参をみんなで引き抜いてから……。

あの人参が叫び声を上げた瞬間に意識が無くなったのか？

という事はまだ敵がいるのか？

ぼ～っとする頭で現状を整理していると、状況がやばい事に気がついて一気に目が覚めた。

目を開けると、目の前にはシルとルシェが立っていた。

「シル、ルシェ、どうなった？　敵はどうなったんだ？」

「ご主人様、安心して下さい。私とルシェで敵モンスターは倒しておきました」

「敵モンスターってあの人参か」

「あれはマンドラゴラだったようです」

「マンドラゴラか、聞いた事あるな。抜いたら叫び声をあげるんだっけ」

「そうです。実際には命を奪う程の力は無かったようですが、私とルシェ以外の皆さんは気を失われてしまったようです」

どうやらシルとルシェ以外のメンバーは俺と同じくマンドラゴラの叫び声で気を失ってしまったらしい。

ちょっと待て、シルとルシェ以外って事はベルリアはどうなった？

冷静になってから周囲を見回すと地面にメンバー達が倒れており、そこにはベルリアも含まれていた。

「シル、ベルリアって何で倒れてるんだ？」

「それは、マンドラゴラの叫び声にやられてしまったからですよ」

「それは分かってるんだけど、シルとルシェは大丈夫だったんだよな。ならどうしてベルリアはダメだったんだ？」

「そんなの決まってるだろ。ベルリアが弱いからだよ。わたし達と一緒にするな」

「そういうものか」

「当たり前だろ」

　このパーティにはベルリアがいるから精神系の攻撃をくらっても大丈夫だと思っていた。ベルリアが『ダークキュア』でリカバリーしてくれれば立て直せる。悪魔であるベルリアには精神系の攻撃は通じないとばかり思っていたが、実際には効いてしまった。

　今回も、シルとルシェが健在だったから問題とならなかったが危なかった。

　ビッグトレントを先に倒しておいたので意識を失った後に攻撃されずに済んだが、逆ならかなりやばかった。

　それにしても、倒れてしまった俺が人の事を言える立場にはないがベルリア～。

「マンドラゴラって叫ぶだけの能力だったのか？」

「いえ、叫んだ後に私達が倒れないのを見てから、歩いて逃げ出そうとしたのでしとめました」

「マンドラゴラって歩けるのか」

「はい、二股に分かれた部分を足代わりにして結構速かったです」

「そうなんだ。マンドラゴラのイメージってかなり小さいと思ってたからまさか、あれがそうだとは思いもしなかったな」

「それはしかたがないですよ。あれは人参と呼ぶには大きすぎます」

「そもそもマンドラゴラって人参なのか？」

それはともかく他のメンバーを起こさなければならない。

やはりベルリアからだな。

「おい、ベルリア起きろ！　おいっ！」

ベルリアの前に立って大きな声で呼びかけてみるが全く反応が無い。

まさか死んでないよな。死んだら消えるはずなので寝ているだけか。

俺はベルリアの肩を揺すって再度呼びかける。

「ベルリア起きろ！」

余程深い眠りについているのか全く反応が無い。

しかたがないのでベルリアのほっぺたを結構強めにバチバチ叩いてみると、ようやく目を覚ました。

「う、う～ん、マイロード、敵は？　敵はどこですか？」

「うん、大分前に退治ずみだ」

「何という事だ、不覚にも敵を逃すとは！」

「いや、逃してない。シルとルシェが倒してくれたんだ。お前は気を失ってたんだよ」

「なっ！　そんなバカな！」

「いや、本当だから。マンドラゴラの叫び声を聞いて気を失ってたんだよ」

「そんなバカな……」

「もしかしてベルリアって案外精神系の攻撃に弱いのか？」

「いえ、たまたまです。次は必ず耐えてみせます」

「ああ、そう。それじゃあ他のみんなを起こしてくれるか？」

その後一人ずつに『ダークキュア』を使用して、三人はスムーズに目を覚ましたが、全員状況が解っていなかったのでマンドラゴラの事を説明した。

全員がイメージしていたマンドラゴラの大きさとかけ離れていたので驚きの表情を見せていたが、今後はダンジョンの物にはあまり触らないように気をつけたい。

第二章　新たな進化

翌日の放課後、俺は一階層でスライムを狩っている。

昨日はマンドラゴラの叫び声の影響か、ご飯を食べた後にすぐ眠ってしまった。

「シルとルシェはあのマンドラゴラの叫び声を聞いても何ともなかったのか？」

「そうですね、確かに不快でうるさい声でしたが、それ以外は何も」

「当たり前だろ。わたしがあんな低級なスキルでどうにかなるわけがないだろ」

「でもベルリアはしっかりダメだった所を見ると、悪魔だから大丈夫だったって訳じゃないよな」

「ベルリアは修行が足りないんだ。修行が」

「はっ、申し訳ございません。返す言葉もありません」

やはりこの二人は特別にレジストしたとかそんな感じでもない。

本当に何とも無かった感じだし種族の違いによるものでもなさそうだ。

一番可能性が高いのはＢＰの違いだろうか？

「やっぱり精神攻撃に耐えるにはレベルアップするしかないのかな」

「そうですね。レベルアップして強くなればそれだけダメージを受ける確率は減ると思います」

「精神を鍛えるんだよ。精神の鍛え方が足りないんだ。まずその日々な根性から叩き直した方が良いんじゃないのか？　ドリュアスにも魅了されたし」

「あ、あれは俺じゃなくても魅了されるって。強力なスキルだったんだよ」

「女の胸ばっかり見てるから魅了なんかされるんだよ。わたしは全然されなかったぞ」

「いや、胸は関係ないだろ。瞳を見たら影響を受けたんだから、胸じゃない」

胸は関係ない、ドリュアスは確かに胸もあった気もするが、マンドラゴラは胸など無かった。マンドラゴラの性別も分からず仕舞いなので、精神攻撃にそれは関係無い。

精神を鍛えろって言われても滝行でもすればいいのか？　それともお寺にでも籠もればスキル耐性がつくだろうか？

「ベルリアは精神攻撃には強そうだと思ったんだけどな～。もしかしたらドリュアスにも魅了されたりするんじゃないか？」

「マイロード、それは有り得ません。私が敵に魅了されるなどという事がある筈が無いではありませんか」

「俺もそう思ってたんだけどな～。意外に精神攻撃に弱いのが分かっちゃったからな。お前がやられちゃうと回復役が居なくなって、最悪全滅も有り得るんだよ。何とか精神を鍛えてくれよ」

「それはもちろんです。頑張ります」

いつもの「頑張ります」だが、あまり期待はできなさそうだ。

だが冗談抜きでベルリアが倒れるとやばい。

「念の為に、シルとルシェに低級ポーションを一本ずつ渡しておくな。ベルリアが倒れたらまずベルリアに使ってくれ。ベルリアさえ回復すれば『ダークキュア』で何とかなるだろ。もう一本俺も持ってるから危ない時は迷わず使ってくれ」

「え～ベルリアに使うのか？　勿体なくないか？」

「姫……頑張ります」

「まあ、危ないメンバーがいたら臨機応変に使ってくれ」

今すぐにできる対策はこれぐらいのものだな。

後はドリュアスとは目を合わせない。そしてマンドラゴラは抜かない。

十三階層はそれほど敵の数が多い訳では無いので魔核の回収ペースは十二階層とくらべても落ちており、活動に支障をきたさないように平日の一階層でしっかりとカバーしておきたい。

スライム狩りの合間を縫ってベルリアとの訓練も続けているが、レベルアップによりBPはかなり近づいて来ているにも拘わらず全く歯が立たない。

やはりBPはあくまでも数値であって、それだけで強さを測る事はできないという事だろう。

今日は水曜日だが俺はギルドに来ている。

日曜日は全員が疲れてしまいすぐに帰宅してしまったが、ドロップアイテムの事を思い出したのでメンバーに連絡を取って都合のつかなかったあいりさん以外で集まった。

いつものように日番谷さんの窓口に行って対応してもらう。

「今日は買い取りでしょうか?」

「そうです。買取希望と相談というか聞きたい事がありまして」

「そうですか。では買取からさせて頂きますね」

「まずはこれなんですけど」

俺はドロップした巨大な梅干の種のような物をリュックから取り出して机の上に置いた。

「これは、ダンジョン産の植物の種ですよね。かなり珍しい物なので良い値段で買取できると思います」

「この種って何に使うんですか?」

「基本研究用ですね。発芽させた植物は地上の物とは異なるので色々と研究材料となるようですよ」

「そうなんですね」

「ダンジョン産の植物は生命力が強い場合も多く、薬や医療分野での転用が研究されたりする事もあるようです。私には難しすぎてよく分からない分野ですけどね」

「まあ、役に立つなら良かったです。後は魔核ですね」

俺は十階層から十三階層で確保した魔核二十個ほどを取り出して渡した。

「それでは暫くお待ちくださいね」

日番谷さんが種を鑑定に持って行っている間、俺達三人は待つ事しかできないが、ミクとヒカリンと三人でいると相変わらず視線を感じる。

今日は装備を身につけていないので、格好で『黒い彗星』だとはバレないはずだが、なぜか視線を感じる。

まあ今日の視線は俺ではなくてミクとヒカリンに向けられたものの様な気もするので、俺が自意識過剰なのかもしれない。

しばらく待っていると日番谷さんが帰ってきて、

「それでは総額で百三万円となります」

「結構いきましたね」

「そうですね。やはり種が高額となっておりまして半分以上は種の値段になります」

「それじゃあそれをメンバー四等分でお願いします」

「かしこまりました。それで相談というのは？」

「それなんですけど、日番谷さんジョブって知ってますか？」

「ジョブですか？　探索者のジョブですよね。知らない事は無いですがもしかして」

「そうです。俺のステータスにジョブが現れたんですよ。これって一般的なんですかね」

「高木様おめでとうございます。流石ですね。ジョブは一般的というわけではありません。ジョブが発現する探索者は稀です。一概にレベルの問題でもないようですのでかなり珍しいレアステータスです」

「レアですか」

「そうですね、間違いなくレアです」

まさか探索者になってからレアという言葉を聞くとは思っていなかった。

レアとはモブの対極に位置する言葉ではないか。俺がレア……。

という事は俺はもうモブではないのではないだろうか？　モブではなくレア……。

その特別な響きが俺の身体を貫く。

俺は遂にモブからレアにランクアップしたのか？

「高木様、良ければジョブの職種を聞いてもよろしいでしょうか？」

「はい、俺のジョブは『アサシン』です」

「『アサシン』ですか！　私もそのようなジョブを聞いた事がありません。スーパーレアじゃないでしょうか？」

スーパーレア。それはレアの更にスーパー。俺は一気にスーパーレアまでランクアップしてしまったのか。

「ステータスに『アサシン』の注釈があるかと思うのですがお聞きしてもよろしいですか？」

「それは『闇と共に無音で敵を葬り去る者』です」

「『闇と共に無音で敵を葬り去る者』ですか」

やはりこの文言を他人に伝えるのは抵抗感がある。

「さすがは『アサシン』です。期待を裏切らない内容ですね。まさに暗殺者ですね」

日番谷さんから、暗殺者という言葉が聞こえてきたが俺は断じて暗殺者ではないぞ。普通の高校生だ。

「ジョブってやっぱりあった方がいいんですよね」

「もちろんですよ。流石は今売り出し中の『黒い彗星』です。暗殺者とは期待を裏切りませんね」

「いや日番谷さん、売り出してないですから。それに『アサシン』です」

「『黒い彗星はアサシン』ってアニメの題名になりそうじゃないですか。黒い彗星とアサシンっていい感じですよ」

「いい感じですか？」

「黒とアサシンで悪役っぽいじゃないですか」

「俺別に悪役を目指しているんじゃないんですよ」

「いずれにしても『アサシン』はレアだと思いますので良ければ随時報告を下さい。ジョブが発現した探検者はいずれ上位探検者に至る場合が多いので楽しみですね」

「そうなんですか。頑張ります」

とりあえずレアらしいのでこれから一層頑張りたいと思う。

「海斗よかったわね。ジョブってレアなのね。しかも『アサシン』はスーパーレアだって」

「やっぱり『黒い彗星はアサシン』ですよ」

「でもまだ実感としてはそれほど恩恵を感じないからこれから役に立てばいいとは思うけど」

「それにしてもやっぱり見られてるわね」

「ミクとヒカリンが見られてるんだろ」

「わかってないわね。『黒い彗星』に決まってるじゃない」

「いや、今は黒い装備つけてないし違うと思うけど」

「黒じゃなくても『アサシン』ですからね。注目度もアップですよ」

まだ誰にも『アサシン』とは言っていないから俺であるはずはないのに、二人とも勘違いが過ぎる。

「それじゃあこの後どうしようかな。俺はダンジョンマーケットに行ってみようと思うんだけど」

「じゃあ私も行くわ」

「一緒に行くのです」

低級ポーションをもう一本買っておきたかったのでダンジョンマーケットに向かう事になったがよく考えると三人でマーケットに行くのは初めてだ。

ダンジョンマーケットに到着したので早速低級ポーションを十万円で購入する。

「海斗さん低級ポーションいっぱい持ってなかったですか？」

「この前の件があって俺だけ持ってるのも危ないと思って、シルとルシェに一本ずつ持たせたんだ。だから俺の分を一本追加したんだよ」

「あ～前回はみんなやられちゃいましたもんね。気が付く間もなく倒れてたのです。精神系の攻撃をレジストするマジックアイテムとかないんですかね」

「多分あるとは思うけど全ての攻撃に対応しているようなのはないんじゃないかな。あったとしても値段が高いと思う」

「一応聞くだけ聞いてみましょうよ」

「わかったよ」

店員さんを捕まえて聞いてみる。

「精神系の攻撃を防ぐ様なアイテムって有りますか？」

「ありますよ。ただほとんどのアイテムは一回限りの使い捨てになります。それと防ぐスキル毎にアイテムが違います」

「見せてもらって良いですか？」

店員さんが連れていってくれたのは指輪が並んだコーナーだった。

指輪を見るとそれぞれレジスト出来るスキルの種類が値札の横に書かれている。

値段を見ると魅了が二十万円、気絶が五十万円とある。

「これって身に付けるだけで効果があるんですか？」

「そうですよ。ただし相手がスキル発動したらオートで即反応しますので、実際には防ぐ必要がない場合でも消費されてしまいます」

「それは痛いですね。かかりそうな時だけ発動したりしないんですね」

マジックアイテムも一方的に俺らに都合の良いようには作られてはいないようだ。

ただこの前の事を考えると……。

「すいません。この気絶耐性の指輪を一個ください」

「えっ、海斗これ買うの？　五十万円よ」

「一回でダメになるかもしれないのですよ。しかも無駄になるかもしれないのですよ」

「いいんだよ。この前みたいな事が防げるなら安いものだ。いや安くはないな。高いけどみんなの命の代わりになってくれるかもしれないだろ」

「お客様、こういうのもありますが」

そう言って店員さんが見せてくれたのは即死耐性の指輪だったが、なんと値段は一千万円だった。

死んでからでは買う事は出来ないが、流石に使い捨てで一千万円は払えない。

出来ればこれはいつの日かドロップして欲しい。

気絶をレジストするリングの支払いを済ませたので、指輪を指にはめないといけないのだが、俺は生まれてから一度も指輪なんかした事がない。

さっそく指にはめてみようとするが、指輪の大きさの問題で薬指にしかうまくフィットしなかった。残念ながら自動でサイズが調整されたりといった機能はないらしい。

「いいんじゃない？　高額だったけどデザインはいいと思うわ」

「せっかくなので彼女さんとお揃いのリングにするといいのではないですか？」

「いや、彼女じゃないし、五十万円の地上では意味を成さない指輪貰っても嬉しくないだろ」

「海斗さん、お揃いって事に意味があるのですよ、分かってないですね」

「指輪は、ハードルが高すぎる。しかもお揃いって無理」

「『アサシン』のような心で臨めばお揃いくらい何て事ないのでは？」

「俺、地上では普通の高校生だから」

指輪を普段からつけるわけにはいかないので、週末のダンジョン限定で使用するつもりだが失くさないようにしっかり保管しよう。

流石に五十万円の指輪を落としたりしたら凹む。

「二人は何か買うものはないの？」

「特にはないわ」

「私もついて来ただけなのです」

「俺も、これ以上特に必要なものはないんだけど折角だから武器を見ていっていいかな」

そう言っていつものおっさんの店まで向かった。

「こんにちは。武器を見せてもらっていいですか？」

「おお、坊主じゃね～か。何だ？　今日はいつもの別嬪なお姉ちゃんと一緒じゃね～のか？いつもとは違う別嬪さん。しかも二人？」

「ああ、彼女達はパーティメンバーなんですよ」

「坊主、実はモテたりするのか？　普段はいつものお姉ちゃんと一緒でパーティはその女の子二人と一緒ってハーレム状態じゃね～か！」

「いや、違います。そんな事有る訳がないじゃないですか。いつもの子は買い物友達で彼女達はパーティメンバーです」

「坊主、マジか……お前モテなさそうだもんな。いろいろよ～く考えてみた方がいいぞ！」

相変わらず失礼なおっさんだ。大きなお世話としかいいようがない。

「それより武器をお願いします」

「ああ、いいのが入ってるぜ。ちょっと高いけどな」

そう言っておっさんが奥から取り出して来たのは剣が一振りと銃らしき物だった。

「これって何ですか？　銃にしては大きすぎじゃないですか？」

「これはスゲ〜ぞ！　小型の魔核ランチャーだ」

「ランチャーってミサイルみたいなの撃ち出す奴ですか？」

「そうだ。細かい照準が難しいし連射出来ないのが欠点だが威力は魔核銃の比じゃないぜ」

小型とはいえ両手を使わないと無理っぽいので、メインウェポンとして使うのだと思うが、流石に使い勝手が悪過ぎる気がする。大型モンスター限定用じゃ無いだろうか。

「すいません。流石にこれはちょっと無理です」

「そうか？　火力不足が一気に解消の凄い奴だぞ」

「ところでそっちの剣は何ですか？　普通の剣に見えますけど」

「おお、こっちの剣は魔剣だ！　火属性の魔法が封入されているから普段はこんな風だが、燃えやすい敵を斬ると斬り口が燃え上がるぞ。それとこれは魔剣用の砥石もセットしてサービス価格千九百万円だ。どうだ？」

「どうだと言われても無理に決まってるじゃないですか。その値段なら家が買えますよ。それより魔剣用の砥石って何ですか？」

「魔剣も普通の剣と同じで手入れが必要だからな。手入れしないと斬れ味が落ちるし最悪折れたり欠けたりするんだ。魔剣用の砥石は魔核をパウダー状にしたものを練り込んだ特別製の砥石の事だぞ」

「えっ⁉ 魔剣って手入れが必要なんですか？ それに折れたりする事あるんですか？」

「当たり前だ。魔剣だって剣なんだから使えば傷む。日々の手入れが必要に決まってるだろうが」

「そうなんですか」

知らなかった。魔剣は普通の剣と違って折れないものだと思い込んでいた。

バルザードも手に入れてから一度も本格的に手入れをした事はない。

危なかった。バルザードが折れたら俺はどうしようも無くなるところだった。

「海斗ってバルザードの手入れってしてた？」

「いや、した事がなかった。すいません、この魔剣用の砥石だけって売ってるんですか？」

「ああ、売ってるぞ。坊主もしかして魔剣持ちなのか？」

「一応そうです。小さいやつですけど」

「うちからは買っていってないだろ。まさかドロップか！」

「まあ、そうです」

「てっきりうちで買っていった剣を使ってるとばかり思ってたぜ。魔剣をドロップするとは、なかなかやるじゃねえか」

「まあ、いろいろありまして。それで砥石はいくらですか？」

「砥石も特殊だからな。普通のやつよりは高いぜ。五万円だ」

「それじゃあ、その砥石買います。お願いします」

おっさんにしては良心的な値段に感じるが、普通の砥石っていくらくらいなんだろう。期せずして魔剣用の砥石を手に入れたので、これからは毎日バルリードの手入れを欠かさないようにしたい。


俺は今二階層に真司と潜っている。

元々一階層でスライムを狩る予定だったが、学校で真司から相談に乗って欲しいと言われたので、二人でダンジョンに来ている。

俺は一階層でもよかったのだが、真司がスライムはもう十分だというので二階層でゴブリンを狩る事にした。

久々のゴブリン退治だがゴブリンスレイヤー（微）の効果とレベル20のステータスのおかげで、ゴブリンは全く問題にならなかった。

「海斗、実はな前澤さんとこの前カフェに行ったんだけど」

「あ~そういえば行くって言ってたな」

「それで今度は、海斗のおすすめ通りオレンジピールのブラマンジェを食べたんだ」

「どうだった?」

「ああ、すごく美味かった。フランボワーズのタルトより甘さ控えめで」

「やっぱりそうだよな。何で女の子はフランボワーズのタルトが良いんだろうな。あれはどう考えても甘すぎるよな」

「それでな、ブラマンジェは美味しかったんだけど、俺は……」

「どうしたんだ?」

「ほとんど喋る事が出来なかった」

「何で喋れなかったんだ? 学校では時々喋ってただろ」

「それが二人きりだと席も目の前だし緊張でな。それによく考えると共通の話題が無くて何も思いつかなかった」

「それじゃあずっと無言だったのか」

「無言ではないけど、盛り上がりはしなかった」

前回四人の時も俺が頑張って喋って真司は余り喋ってはいなかったからな~。

前澤さんと二人きりになったら喋れないのもわかる気がする。

前方からはゴブリンが現れたので真司が槌で思いっきり横殴りにぶっ倒した。

「ふ〜。海斗は葛城さんといつも何を話してるんだ？」

「俺？　俺の場合は、春香とは十年来の付き合いだからな〜。もちろん全然話してない期間も長かったんだけど、全く知らないわけじゃないし、昔の話をしても共通の事も多いからな〜。最初は緊張したけどその後は割とスムーズに喋れたよ。春香も結構喋りかけてくれるしな」

「そうか、それじゃあ参考にならないな。前澤さんもそんなにいっぱい喋る方じゃないんだ」

「趣味の話とかしてみたか？」

「いや、俺もあんまり趣味とかないしな〜」

「折角だからダンジョンとか探索者の話をしてみるのはどうだ？　それだったら結構話す事あるんじゃないか？」

「女の子にダンジョンの話なんかして引かれたりしないか」

「春香には時々聞かれたりするけど別に引かれてはないぞ」

「そうか〜。もっと話すネタがあれば良かったな」

「俺もカフェはハードル高かったからな。今度は映画と買い物行ってみたらどうだ？　俺はカフェよりはそっちの方がスムーズだった気がする」

「映画か。そうだな、今度は映画に誘ってみるよ」

その後二階層では珍しく他のパーティに遭遇した。まだレベルが低いようで連携を取りながらゴブリンを倒して二人で大喜びをしていた。俺達と同い年くらいの男女のパーティだったが、喜び方を見ても抱き合って喜んでいたので完全に付き合っているのだろう。

最近俺も女の子達とパーティを組んだり、プライベートで春香と買い物に行ったりしているので、以前のように殺意までは覚えなかったが、やはり羨ましい。

「いいな〜。ああいうの憧れるな〜」

「真司も前澤さんと潜ればいいんじゃないか？」

「いや、怪我でもさせたら一大事だし、緊張してやらかしてしまいそうだから俺には無理だ」

「そうだよな。俺もパーティメンバーが怪我したりすると気が動転したりするしな。恋人同士で潜ってる奴らってどれだけ精神力が強靱なんだろうな」

「多分、俺達とは精神構造が全く違うと思う。ゴブリン倒して抱き合うなんか間違っても出来ないな。まだ隼人と抱き合った方が現実的だよ」

「まあそれはそれで微妙だけどな」

その後も二人でゴブリンを倒して回ったが、やはり俺達にとっては女の子との付き合い方は中々に難しいようだ。ダンジョンではレアになれたが地上ではまだまだモブのようなので努力が必要だ。

翌日真司は俺のアドバイスを実行して前澤さんを映画へと誘う事に成功したようなので、あとは健闘を祈るだけだが、俺は特に変わった事もなく週末を迎え、また十三階層へと潜っている。

可能であればこの週末で踏破してしまうべくペースアップを図る。

この階層のモンスターは基本待ち受け型なので、最短で行こうと思えば極端な話戦わずに走って脇を逃げ去る事は可能だ。だけどそれをしてしまうと本来の実力より先に進んでしまう事になり十四階層で苦戦する事が分かっているので、出現したモンスターは全て倒しながら進んでいる。

「ご主人様、前方にモンスターです。二体いますので一体は私が担当してもいいでしょうか？」

「ああ、それじゃあそうしようか」

シルも最近後方待機の事が多いのでこの辺りで活躍してもらうのもいい事だろう。

しばらく進んでみるがトレントらしき敵は見当たらず、代わりに草に交じって二箇所に見覚えのある大根の葉っぱの様な植物が生えている。

「あれって……」

「間違いない。あれはこの前の」

「マンドラゴラですね」

「そうだよな。あれってどうしたらいいんだ？　多分待ってても動き出したりしないよな」

「ご主人様、恐らく引き抜かれるのを待っているのだと思います」

「これってここから攻撃しちゃって良いんだよな」

「当たり前だろ。そもそもマンドラゴラなんか抜かなきゃただの葉っぱなんだよ」

前回は抜いてしまい大変な目にあってしまったが、分かっていれば抜く事はありえない。抜かなければただの埋まった植物なので遠距離から攻撃すれば問題ないとは思うが、あまりに安易な気がして少し不安になってしまう。

「それじゃあ、シルお願いするよ。あっち側のを頼んだ」

「それじゃあ、いってみますね。『神の雷撃〜』」

あまり緊迫した場面では無いので、いつもより緩い感じでシルが『神の雷撃』を発動すると、いつもと同じように破壊力抜群の雷が葉っぱに向かって放たれた。

いた。

『ズガガガ～ン』

轟音と閃光と共に雷が落ちた場所には大きな穴が空いてマンドラゴラは完全に消失していた。

「ご主人様、もう一体も倒してしまっても良いでしょうか？」

「それはもちろんいいけど、草トレントみたいに逃げたりもしないんだな。抜かれない限り一方的に攻撃されるだけなんだ。敵ながらちょっと可哀想な気がするな」

「なに『アサシン』が甘い事言ってるんだよ。『アサシン』なら敵即斬だろ」

あまりにも簡単に倒せてしまったので、シルも消化不良だろうし、もう一体を倒すのは別に良いと思うが、それで満足感が得られるとも思えない。

それにしても、全く身動きが取れないマンドラゴラを一方的に蹂躙する事には少しだけ抵抗感を覚える。

ルシェの言う通り少し甘いのかもしれない。ただ敵即斬とは何か格好良いな。

『それじゃあもう一度いきますね。『神の雷撃～』』

再び雷が地面に突き出している葉っぱに向かって放たれマンドラゴラは跡形もなく消えてしまい後には魔核が二つ残されていた。

「せっかくまかせてもらったのですが、出来れば次もお願いします。残念ながらあまりお役に立った気がしません」

「シルばっかりずるいぞ。わたしも次は一緒にやるからな」

「こう言ってるけどみんないいかな」

特に反対もなかったので次はシルとルシェで戦ってもらうことにする。

しばらく進むと敵二体に遭遇したが、この一帯はマンドラゴラの群生地なのかまたもマンドラゴラらしき葉っぱが地上に向けて伸びている。

「あ〜。それじゃあ二人共やってくれ」

「はい。残念ですが仕方ありません。やってみますね。『神の雷撃〜』」

「こんなの倒しても全然面白く無いな。『破滅の獄炎〜』」

二人ともブツブツ文句を言いながら全く緊張感無くスキルを発動したが、威力は十分で跡形もなくマンドラゴラは消滅してしまった。

「これだけじゃ足りないぞ。次もわたしがやるからな」

「私もお願いして良いでしょうか」

順調に先を急いでいるが、シルとルシェがいつもよりはりきっているので他のメンバーの出番が少し少なめだ。

それと同じサーバントであるベルリアは全くと言っていいほど活躍していない。

シルとルシェの活躍により探索のペースは上がっているが、魔核を消費するペースも上がっているので良い事ばかりではない。

俺達はボーナスステージかと思うようなマンドラゴラを退けてさらに進んで行く。

「ご主人様、モンスターですが、今度は一体だけのようです」

「マイロード、私も戦わせてください。お願いします」

「そうだな。ベルリアもそろそろ頑張れよ」

「はい、頑張ります」

ベルリアの存在が薄くなってきているのを本人も察知したのだろう。

今回はサーバントの三人で頑張ってもらおうと思うが、モンスター一体のようなのでベルリアだけで十分かもしれない。

暫く進むと、奥には今まで見た事のないモンスターがいた。

見た感じ木ではなく草系だとは思うがかなり大きい。

本体から絡み合った蔓が首のように複数伸びており、その先端には頭を思わせる大きな葉がついている。

その風貌はさながら植物製のヒュドラの様に見える。

「結構凄そうなんだけど、俺も手伝おうか？」

「いえ大丈夫です。私におまかせください。姫様達も見ていて下さい」

ベルリアからいつものおまかせくださいが返ってきたので、いつでもいけるように準備だけはしておく。

ベルリアが正面から突っ込んでいくが、ベルリアを目掛けて頭の葉の部分が一斉に襲いかかってくる。

複数の頭の部分の葉が口のように大きく開き噛みつこうとしている。

葉が噛みつくというのも変な感じだが開いた葉の先端部分にはギザギザの歯を思わせる物がびっしりと生えており、完全なる噛みつき攻撃をかけてくる。

スピードはそこまで速くないのでベルリアが二刀を使い避けながら対処しているが、数が多い。

頭の部分だけで六個が同時に襲いかかってきている。

六個の同時攻撃を躱しているベルリアも流石だが、噛みつき攻撃の対応に追われて本体に攻撃をかけるまでは至っていない。

しばらくベルリアとの攻防を観察していたが、よくみると葉の口部分からはよだれのように液体が滴って来ている。

滴った地面を見ると僅かに煙が上がっているように見えるので、恐らく強力な酸なのだろう。

「ベルリア、溶解液に気をつけろ！　触れると溶けるぞ」

俺がアドバイスするまでもないかもしれないが、至近で対応していると結構見えない物なので一応声をかけておいた。

ただし同時に六つの攻撃に対処しながら更に溶解液にまで対応するのは容易では無い気がする。

ベルリアが『アクセルブースト』を使い首の部分から頭を落とすが、直ぐに蔓の部分が伸びて再生してしまった。

「シル、ルシェ、頼んだ！」

「まかせてください」

「わかってるよ」

「ベルリア、下がりなさい。一気に決めますよ。『神の雷撃』」

「ベルリア、燃えないように気を付けろよ。『破滅の獄炎』」

シルとルシェが攻撃をかける。

ルシェの獄炎が頭の部分を焼き払いシルの雷が本体を消滅させてしまった。

一瞬で敵を消滅させてしまった二人の火力は流石だが、今回のモンスターは十三階層の中でも強敵だったと思う。

ベルリアだけではかなり苦戦していたので、今度相対したとき倒す為には最低でも二人がかりで臨む必要がありそうだ。

この階層でソロの探索者がいるのかどうか分からないが、いるとしたら相当な実力がないと無理だと思う。

もちろん俺には無理だ。

「ベルリア、結構手強かったな」

「いえ、大丈夫です。姫様達もありがとうございます。もう少し時間をもらえれば私一人でも倒せたのですが」

ベルリア……。

どう考えても時間の問題じゃなかっただろ。

二刀どころか四刀ぐらいないと無理だったぞ。

今回はベルリアの負けず嫌いを再確認させられた一戦となったが、それなりに戦闘をこなしたので今日はこれで切り上げる事にして、地上に戻ってからすぐにドラッグストアに直行した。

十三階層に入ってから今までと違ってモンスター以外の生物を見かけるようになったが、

それと同時に他の階層では起こらなかった現象に苛まれるようになってしまったのだ。

主には蚊だと思うが虫に刺されて痒い。

顔、首、手の露出のある部分が何箇所も刺されて痒い。

前回はそこまで気にならなかったが、今回は蚊の多いエリアだったのか特に痒い。

「すいません。虫刺されに一番効く薬を下さい。あと虫除けスプレーとリングを下さい」

ドラッグストアの店員さんにお願いして薬を買ってから、外に出て速攻で塗ってみた。

薬の効果で一瞬痒みが和らいだ気がしたが、またすぐに痒くなってしまう。

あまり虫刺されの薬を使った事はないが、残念ながら一瞬で痒みが治るようなものではないらしい。

ボリボリ掻きながら帰路についたが、明日は購入した虫除けリングと虫除けスプレーが活躍してくれる事を祈るしかない。

次の日の朝になっても少し赤みと痒みが残っているので、通常の蚊よりも強力なのかもしれない。少しでも早く治るよう薬を塗り込んでおく。

朝食を食べてからダンジョンに向かってメンバーと合流した。

「海斗、いつもと違う方にもリングつけてるじゃない」

「ああ、これは虫除けリングだよ」

「あ～、十三階層虫が酷いですよね」

「みんなはどうしてるの？」

「私はスプレーしてるけど刺されてるわ」

「私はリングと両方ですけどやっぱり痒いのです」

「私もスプレーだが我慢しかないな」

どうやらみんな同じ悩みを抱えていたようだが、スプレーとリングでも完全には防ぐ事ができないようだ。

これは、早く十三階層を抜けないといけない理由が増えたな。

早速十階層へゲートで移動してから十三階層へと向かったが急いだお陰で二時間ほどで十三階層にたどり着くことができた。

「そういえばシル、ルシェ、ベルリアは虫に刺されたりしないのか？」

「はい、私は虫に刺されたりはしないので大丈夫です」

「当たり前だろ、羽虫に刺されるとかありえないだろ」

「我慢です」

あれ？　ベルリアだけ返事がおかしい。シルとルシェはどうやら虫に刺される事はないようだが、ベルリアは我慢。ベルリアだけは刺されてるって事か？

他の二人が特別なだけで悪魔でもベルリアは虫に刺されるらしい。

「ベルリア、よかったら使ってくれ。虫除けスプレーだから少しは効果があると思う」

「マイロード、ありがとうございます。何とお優しい、使わせていただきます」

やっぱりベルリアは虫に刺されているらしい。スプレーを吹きかけているベルリアが何ともシュールに感じてしまう。

「そういえば『ダークキュア』で痒いのって治らないのか？」

「状態異常にもそれなりには効果があるはずですが、昨日試してみたところ残念ながら虫刺されには効果が薄いようです」

「そうか、それは残念だったな。ベルリア昨日も痒かったんだな。痒かったら痒いって言ってくれよ。言ってくれないと分からないからな」

「はい、ありがとうございます。マイロードのお心遣いにこのベルリア感激です」

ベルリアは少し大げさだが、俺が気がつかないうちにサーバントにもいろいろと不具合は発生しているようなので主人として今後はもう少し気を遣っていかないといけないな。

「ご主人様、奥にモンスターがいます。三体です。準備をお願いします」

「それじゃあ、俺とあいりさん、ベルリアが前衛で残りのメンバーで後方から攻撃を頼んだ」

しばらく進むと通常のトレントが二体と草トレントらしきのが端の方に一体いるが、草がいっぱい生えているせいか蚊も目視出来てしまう。

モンスターはそれほど問題無いと思うので、蚊に注意しながら戦闘に臨む事にする。

徐々に距離を詰めていくが草トレントは擬態しているつもりのようで動く気配はない。

俺はしっかり狙いを定めてから動かない草トレントに向けてバルザードの斬撃を飛ばす。

着弾した瞬間ヨロヨロと動き始めたトレントに向けてミクがスピットファイアでしとめた。

これで後二体。

後方から、ミクとヒカリンとスナッチの援護を受けてベルリアとあいりさんがトレントに向けて駆けていく。

飛んでくる木の杭の攻撃を躱してトレントの懐まで潜り込みベルリアは『アクセルブースト』あいりさんは『斬鉄撃』を発動して一太刀で幹を切断してモンスターを消滅させる事に成功した。

「うまくいきましたね」

「ああ、結構慣れてきたな」

それにしてもマンドラゴラも草トレントも、初見では絶大な効果を発揮するが、分かってしまえばこんなに簡単な相手はいない。

戦闘が終わってから何気に手の甲を見ると蚊が止まっていたので瞬間的にもう一方の手で叩き落とした。

潰した蚊からは少量の血が見て取れる。

「あ～！　刺された！　リングしたのに」

虫よけリングは効果が無いのか？　リングをした側の手を刺されたショックを感じている間に痒みが襲ってきた。

「痒い……」

「やっぱりリングがあっても完全には厳しいですよね」

ダンジョンの蚊はマラリアとかデング熱とか大丈夫だよな。未確認の伝染病とかなったら洒落にならない。

痒さと共に一抹の不安を覚えたが心配しても仕方がないので、それ以上考えるのをやめて先に進むことにする。

数度の戦闘を繰り返しながら昨日の到達点までやってきた。

「ご主人様、敵モンスター二体です。右奥にいます」

進むと昨日のヒュドラっぽい植物が二体並んでいる。

しかも一体は頭っぽい部分が八つもある。

「俺とミクとスナッチ、シルで頭が八つの方を残りのメンバーでもう一体を頼んだ」

俺には正面から八つの頭を回避する程の技量はない。

相手の攻撃が届かない位置から魔氷剣を発動して首の部分に向かって斬撃を飛ばす。

魔氷剣として威力を増したバルザードの斬撃は首の部分を一撃で刈り取るがすぐに蔓が伸びて再生してしまう。

同時に八連撃は無理なので順番に潰していくがすぐに再生してしまう。

「ミク、牽制を頼む！」

後方から火球が飛んできて着弾した瞬間を狙いナイトブリンガーの能力を発動し意識を無に近づける。そのまま前方へ駆けると後方から敵へと飛んでいく火球が見えるが少しだけゆっくりに感じられる。

俺はあまりスポーツに詳しい訳ではないが、稀に一流選手がゾーンに入るというのを聞いた事がある。野球選手がゾーンに入るとボールが止まったり、遅くなったりするらしいので、それに似た感覚かもしれない。

敵に認識されないまま一気に八本の首の根本の所まで近づいた。

頭の部分では八つに頭が大きく広がっているが、根本の部分はかなりまとまった状態と

なっており、そのまとまった部分を横から一気に斬り落とす。

抵抗感なく入った魔氷剣の刃がそのまま全ての付け根を斬り落とした。

この感じ、前回も一度あった。剣の通りがいつもと違う。

偶発的に引き起こされるのか、何かの要因があるのかは分からないが明らかに『アサシン』による補正効果だと思われる。

「シル今だ！　本体を頼む」

「かしこまりました。まかせてください。『神の雷撃』」

シルの雷撃が敵本体を貫き跡形もなく消滅させる。

シルのこの火力があれば、八つの頭の妨害があったとしても難無く一撃の下にこの敵を倒してしまえるかもしれない。ただそれだと俺達には経験値が一切入ってこないので、連携して戦う事にもしっかりと意味はある。

隣を見るとまだ交戦中だったが、前日と同じようにベルリアが前で頭を相手に剣を振るい、ヒカリンが『ファイアボルト』で援護している。

『ファイアボルト』の連射と二刀での『アクセルブースト』で一気に六つの首を落とした所でルシェが一撃を加える。

「ようやく出番だな。さっさと燃えて無くなれ。『破滅の獄炎』」

ルシェの獄炎が本体を燃やし尽くして戦闘が終了した。

「海斗腹が減った〜。早くくれよ」

「私もお腹が空きました。ご主人様お願いします」

「私もお願いしてよろしいでしょうか」

張り切ってスキルを使ったサーバントたちがいつもの様に魔核をせがんできたので、スライムの魔核をそれぞれに渡して、シル達の食事が終わるのを待ってから先へと急ぐ。

まだ全体をマッピング出来ている訳ではないので感覚的なものにはなってしまうが階層の半分くらいは越えてきている気がする。

「ご主人様、敵四体です。奥に散らばっているようです」

「ヒュドラ型にしてはちょっと数が多い気がするけど他のも交じってるのかもしれないな。一体は先にシルとルシェで倒してくれ。その後順番にフォローを頼む」

いつものように敵の待っている場所まで向かっていると突然ナイトブリンガー越しに衝撃が走り、後方に吹き飛ばされてしまった。

「ぐっ、何が？」

俺が飛ばされた瞬間すぐにシルが俺の前に立ち、ベルリアが剣を抜いて臨戦態勢に入った。

敵か？　モンスターの攻撃以外に考えられないが何の攻撃だ？　まだヒュドラ型等の敵影は見えていない。

今まで植物タイプのモンスターが目視出来ない位置から攻撃して来た事は一度も無かった。

敵が待たずに攻めてきたということか？

「ご主人様、大丈夫ですか？　ポーションをお飲みになりますか？」

「いや、大丈夫だ。そこまでじゃない。それより敵はどこだ？　ヒュドラ型が向かってきたのか？」

「申し訳ございません。目視出来ませんでしたが今までのモンスターとは別種のモンスターなのは間違いありません」

「シル、『鉄壁の乙女』を頼む。みんな急いで『鉄壁の乙女』の効果範囲の中へ！」

ひとまず態勢を整える為にシルに『鉄壁の乙女』を発動してもらう。

「海斗大丈夫？」

「完全にノーマークのところに攻撃をくらったから、弾き飛ばされたけどマントとナイトブリンガーのおかげで大きな怪我はなさそうだ」

攻撃された瞬間も分からなかったが、何の攻撃を受けたのかも良く分からない。

『ブゥン！』

光のサークルに向かって何かが衝突した様な音がするが、特に何も見当たらない。

風か？　どうやら目視出来る物質による攻撃ではないようなので風かもしれない。

風か、もしくは見えない何かによる攻撃だと思う。

「どうだベルリア、敵はいたか？」

「姿はまだ見えませんが上空を何かが移動しているような気配を感じます」

上からの攻撃か。メンバーが一斉に頭上に視線を移す。

「あっ！　いました。今見えましたよ。鳥です。かなり遠目ですがワシか鷹っぽいです」

「四体いた？」

「いえ、見えたのは一体だけですが、他にも違うところにいるかもしれないのです」

どうやらこの階層には植物以外のモンスターもいたらしい。

当初からずっと植物系のモンスターしか出て来なかったので完全にこの階層はそうなのだと思いこんでしまっていた。

ヒカリンが示した場所をよく見ていると確かに猛禽類を思わせる風貌の鳥が横切った。

『ブゥン！』

再び光のサークルに攻撃が加えられたようだが、かなり距離がある。

同じモンスターが四体いるのかは分からないがとにかく見える敵から倒す。

今の位置では俺の射程よりも遠いのでもう少し近づかなければならない。移動を繰り返す敵を相手にシルを抱えて追いかけるのは難しいので光のサークルから飛び出す。

「私も一緒に行こう」

「はい、お願いします」

あいりさんが俺に続き並走するが、敵の見えない攻撃をくらわないよう二人で左右に蛇行しながら敵を目指す。

背後からはミクが援護してくれている。

敵モンスターを射程に捉えた瞬間バルザードを放ったが、外れてしまったので今度は走りながら理力の手袋の力で敵の翼を掴んでやった。

「私にまかせろ！　『アイアンボール』」

並走していたあいりさんが『アイアンボール』を発動し動きが止まった敵モンスターを高速の鉄球が的確に捉えて消滅させる事に成功した。

後の三体はどこだ？

鳥型のモンスター一体を倒したので残りのモンスターを探す。

「海斗いたぞ！　あそこだ」

あいりさんが敵を発見して場所を示してくれる。

前方の上空に先程と同タイプのモンスターが見て取れた。

「あいりさん、さっきと同じでいきましょう。俺が動きを止めるのであいりさんがしとめてください」

「ああ、わかった」

先程と同じように敵との距離を詰めるために蛇行しながら走り、理力の手袋をそろそろ発動しようと思いモーションに入った瞬間足下の地面がなくなった。

なくなったと言えばいいのか踏み出した先に本来足が接地すべき地面ではなく大きな穴が空いていた。

「あっ！」

当然前方と上空に意識を向けていた俺は、踏み込んだ瞬間、無防備に落とし穴に落ちたような状態になり顔から突っ込んで転がり落ちた。

一瞬走馬灯のように春香の可憐な姿が脳裏をよぎった気がしたが、死んだわけではないので気のせいだったのだろう。

「う、ううっ、痛い……」

下が土なので折れてはいないと思うが、装備の重みも加わって転んでぶつかった所が激しく痛い。

「海斗！　大丈夫か！　敵が来るぞ避けろ！」

あいりさんの声に反応して上を見ると鳥型のモンスターがこちらに向かって飛来して来ていた。

バルザードは落ちた拍子に前方へと放り出してしまい武器がない。

俺は咄嗟に魔法を発動する。

『ウォーターボール』

バルザードの飛ぶ斬撃に頼って最近出番が減ってしまっていた氷の槍を発現させて上空のモンスターに向けて放った。旋回して氷の槍をうまく避けられたが時間稼ぎにはなった。

敵が旋回している間にバルザードを拾おうと前に踏み出した瞬間下から根のようなものが伸びてきて脚に絡み付いてきた。

「ああ～」

思わず間の抜けた声を出してしまったが、俺が落ちてしまったこの穴、冷静になって考えるとモンスターによる可能性が高く、そこにはまってしまったのだから何らかの攻撃をくらうのは当たり前だった。

判断が鈍っていた。

バルザードは手元にはないので、脚を大きく動かして逃(のが)れようとするが全く千切れない。

両手でも引っ張ってみるが無理だ。

『ウォーターボール』

氷の槍で脚に絡み付いた根を攻撃してみるが部分的に破損させる事には成功したものの、このやり方は単純に危ない。根と一緒に脚が無くなってしまう可能性がある。

考えている間にもどんどん根が絡みついてくる。

抜け出せない！

落とし穴に木の根のトラップという原始的で単純な攻撃だが、俺は見事にはまってしまい、しかも抜け出せない。

しかも穴に落ちているので俺の状況(じょうきょう)はメンバーには一切見えていない。

どうすればいいんだ。

ここまで順調に進んでいたはずなのに、思いもしなかった場面でピンチを迎えてしまった。

どうにかして早く抜け出さないと、下と上からの挟(はさ)み撃(う)ちで完全に詰んでしまう。

そもそもこの木の根は本当に根だけなのか？

本体がその下に潜(ひそ)んで更(さら)なる攻撃を仕掛(しか)けてくる可能性も十分ある。

「おおおおっ！」

俺は再び全力で根を振り切るべく力を込めて足掻いてみたが、やっぱりびくともしない。

それほど太さがある訳では無いが絡みついている木の根は思った以上に頑強で一箇所たりとも俺の力では切れる気配がない。

むしろ暴れているうちにさっきよりも締まってきている気がする。

上空からは丸見えのこの状態で、上空から狙い撃たれたら避けようも隠れようもない。

焦りを覚え、更に暴れてみたが、絡みつく蔦のせいで上半身以外は全く動きが取れなくなってしまった。

完全にハマってしまった。まな板の鯉、いや穴の中のモブ状態になってしまったので、冗談抜きでどうにかして抜け出さないとヤバい。

絶体絶命ともいえる状況に陥ってしまったので手元に残っていた魔核銃を取り出し、絡みつく根に向かってバレットを放つ。

決死の攻撃も効果範囲が狭すぎる為、効果は限定的で残念ながら断ち切る事は出来なかった。

上にいるあいりさんに向かって声をかける。

「あいりさん！　俺身動き取れないんで、鳥型はお願いします。今狙われるとヤバいです」

「わかった。まかせてくれ」

これで上空の敵はあいりさんが何とかしてくれるだろう。

今のうちにこの根とその下のモンスターを倒す必要があるが、正直手詰まりだ。

動いても全く取れないどころか寧ろ食い込んでいっている。

『ウォーターボール』は一定の効果があったが、脚すれすれに放つには危険すぎる。

魔核銃は効果が薄すぎる。

後は何がある？

殺虫剤はあるが効果があるとは思えない。

最悪、火をつけてファイアブレスにすればいけるかもしれないが、俺の脚が無傷で済むとは到底思えないし残念ながらそんな勇気はない。

シュールストラーダの缶も一個だけあるが、地中の植物に臭いが効果があるとは思えない。

後持っているのは間食用のお菓子と水だけだ。

いや待て。そういえば一度も使った事はなかったが、入れっぱなしになっていた物が一つだけ有った。

『マジックシザー』

以前ドロップしたが他のメンバーに受け取り拒否されてしまい俺が引き取った魔法のハサミ。

魔力により通常のハサミよりも切れ味が鋭いハサミ。

これまで一度も登場の機会が無く、正直存在自体を忘れかけていたハサミ。

もしかして、これならいけるかもしれない。

通常のハサミでは木の根を切るのは厳しいと思うが、俺のは魔法のハサミだ！

「これしかない！　これに賭けるしかない！　頼んだぞマジックシザー！」

どうにかマジックシザーをリュックから取り出して手に持った。

もう一刻の猶予もない。

俺は残された唯一の希望マジックシザーに全てを託し、脚に巻きついている根に向かってハサミを入れた。

頼む！　切れてくれ！

俺の祈りにも似た念をのせて刃を閉じる。

刃を閉じた瞬間、抵抗もなくスッとハサミの刃が閉じた。

「やった！　切れた！」

思った以上の切れ味だ！

急いで脚に絡みついている根をどんどんマジックシザーで切り落としていく。

「すごいな……」

自分の手の中にある小さなハサミは、どんどんモンスターの根を切り取っていく。

俺がどれだけ引っ張っても千切れなかった根がほとんど抵抗感なく切れていく。凄(すご)い切れ味だ。

用途(ようと)はかなり限定的だが、切れ味だけでいうと魔剣(まけん)顔負けの切れ味ではないのだろうか。

ほとんどの根をカットする事が出来たので、急いでその場から抜(ぬ)け出して前方に放り出してしまったバルザードを拾い上げる。

すぐさまバルザードを根が出ている中心部目掛けて突き刺し破裂(はれつ)のイメージを伝える。

根の見える地表部分と隠れた地下の本体が一斉に破裂したのがバルザード越しに伝わってきた。

どうやら無事に倒す事が出来た様だが、今回はかなり危なかった。

マジックシザーがなければやられていたかも知れない。

余り有用性が認められていないマジックシザーだが、みんな使い方を知らないだけなのかもしれない。

もしかしたら、庭木の剪定(せんてい)や草の手入れには最適のアイテムなのではないだろうか？

この階層においては、転ばぬ先の杖、最終秘密兵器足りえるポテンシャルを秘めた凄いハサミな気がする。

実際に俺の命を救ったといっても過言ではない。

俺は入れっぱなしにしておいた忘れられたハサミ、マジックシザーに助けられた。

落とし穴から抜け出すと、既にあいりさんが上空の敵は倒していた。

「海斗大丈夫か？」

「まあ、なんとか。脚に根が絡みついてヤバかったですけどね」

「横にいたと思ったら急に姿が消えて焦ったよ」

「俺も焦りましたよ。踏み出したら地面が無くなってたんです」

とにかく無事に終わって良かった。

「ご主人様まだです。もう一体います！」

完全に終わった気になっていたが、よく考えてみるともう一体いた。

姿が見えないので注意して待ち構えていると、突然あいりさんの足下の地面が抉れて穴が空いたが、あいりさんは華麗にジャンプして避けた。

以前も同じような事があったが、武術をある程度極めると気配のようなものが読めるようになるのだろう。

相変わらず俺には全く感じ取れなかった。

空いた穴の底に根が見えたので、底まで降りてからバルザードを突き刺して敵モンスターを爆散させた。

「ご主人様大丈夫ですか？」

「ああ、大丈夫だ。ここから先は今までと違うモンスターも現れる可能性が高いから注意して進もう」

今の戦闘で結構疲(つか)れてしまったので、次は他のメンバーにまかせてちょっと休憩(きゅうけい)しようと思う。

「ご主人様、急に姿が見えなくなりましたが下では何があったのですか？」

「敵モンスターの攻撃(こうげき)だったみたいで、穴の底で木の根に巻き付かれて身動きが取れなくなってたんだ。だけどこれのおかげで助かったんだ」

「ハサミですか？」

「そう、マジックシザーで木の根を切って抜け出せたんだ」

「ご無事でなによりでした」

「海斗さん驚(おどろ)きなのです」

「そのハサミが役に立つなんて事があるのね」

マジックシザーへのみんなの評価が向上したようでよかったが、使用を勧めると遠慮されてしまった。

少し休憩してから、先に進んでいくと三体のモンスターが出現した。

二体は先程の猛禽類を思わせる鳥型なので、俺の魔核銃をベルリアに持たせてあいりさんとベルリアに前に出てもらった。

今回俺は中間距離から支援する。

俺の時と同じく蛇行しながら二人が駆けていく。

途中でベルリアがジャンプするのが見えたので、おそらく落とし穴を避けたのだろう。

ベルリアは剣を魔核銃に持ち替えて鳥型を狙い撃つ。

『プシュ』　『プシュ』

魔核銃のバレットの射出音の直後、鳥型の両翼に穴が空きバランスを崩してスピードが落ちた。

それを見逃さずにあいりさんが攻撃する。

『アイアンボール』

鉄球が飛んでいき、体のど真ん中に命中して消失させた。

もう一体がこちらに向かって来たのでバルザードの斬撃を飛ばすが、気配を察知したのか旋回して回避した。

再びベルリア達を強襲しようとしたところを、ベルリアが魔核銃で翼を撃ち抜き、先程同様あいりさんが『アイアンボール』でしとめた。

真司の射撃練習の時にも感じたが、ベルリアは射撃が抜群にうまい。

ほとんど練習もしていないのに、飛んでいる敵に全弾命中させてしまった。

もしかしたら剣よりも適性があるのでは無いだろうか？

今の戦いを見る限りかなり有効に思えるので魔核銃はベルリアに渡しておく事にする。

ベルリアは上空や距離のある敵には攻撃手段を持っていなかったが、魔核銃があれば俺が持つよりも戦力になってくれるだろう。

「ベルリア流石だな」

「マイロード、それほどでもありません」

「それは、お前が使ってくれ」

「それとはこの魔核銃の事でしょうか？」

「そうだよ。俺が使うより戦力アップになりそうだからな。俺にはバルザードとマジックシザーがあるから」

「有難き幸せ。剣に続いて銃までも賜われるとは。このベルリア命をかけてお役に立ってみせます」

「まあ死んでもらったら困るけど頑張ってな」

「はい、マイロードの剣として死ぬ気で頑張ります」

ベルリアが俺の言っている事を理解しているのか疑問だが、さっきの攻撃でバルザードの使用上限を迎えたようなので、リュックからスライムの魔核を取り出して補充する事にした。

俺はいつものようにバルザードに六個の魔核を吸収させる。

魔核を吸収し終わった瞬間バルザードが激しく明滅し始め、その形状が変化し始めた。

「こ、これは！」

これは以前一度あった現象と同じだ。

バルザードの進化！

明滅と形状の変化が終わると、そこには刃渡りがおよそ四十五センチメートル～五十センチメートル程度はありそうな細身のショートソードのような形に変化したバルザードがあった。

今までは剣というよりナイフと呼ぶのが相応しい見た目だったが、今回の変化により完全に剣と呼べる物に進化している。

遂にバルザードが名実共に魔剣となった瞬間だ。

まだ、小さいし細いが完全に魔剣と呼んで問題の無いレベルに進化している。

手に持って軽く振ってみると以前よりも重量はアップしているが、手に馴染んだ感じはバルザードそのものだ。

このサイズがあれば、敵とも十分斬り結ぶ事も可能になりそうで、何かワクワクしてしまう。

「海斗これって……」

「ああ、前にもあった魔剣の進化だよ。バルザードにはまだ進化の先があったみたいだ」

「もしかしたらまだ成長するかもしれないわね」

「まだ小ぶりだからありえるかもな」

もしかしたらバルザードも最終的にバスタードソードぐらいの大きさにまで進化するかもしれない。

先程魔核を六個吸収させたので、更に魔核を吸収させてみると四個吸収された。

合計で十個吸収される事となったが、前回の事を考えると使用回数が増えたに違いない。

いろいろ検証してみたいが、とりあえずこのまま使ってみる事にする。

腰に下げると動く度に脚が切れてしまいそうなので、手に持ったまま移動する事にする。

「ご主人様、モンスターです。今度は一体だけのようです」

「みんな、新しいバルザードを試してみたいから、俺が一人で前に立っていいかな。一応フォローは頼みたいんだけど」

メンバー全員から了承を得たので、バルザードを手に前に進んでいく。

すぐにモンスターを確認出来たが敵は移動可能な植物だった。

根のような物が足代わりとなり普通に移動している。しかも結構大型のモンスターだが薔薇の様な花が咲いている。

初見のモンスターに対して、一人で向かっていくのも怖いので、早々にナイトブリンガーの力を発動させる。

バルザードを構えて、そのまま走る。

モンスターも突然認識出来なくなった俺に反応して、近い箇所を攻撃してくる。

当たってはいないが、長いトゲのようなものが無数に飛んできている。

地味にというかこれが刺さったら滅茶苦茶痛そうだ。

俺はスピードを速めて敵本体まで辿り着き、側面から斬撃を飛ばしてみた。

斬撃は魔氷剣程ではないが、刃の部分が長くなったお陰で強力になったようで、敵に大きくダメージを与えた。

側面に攻撃を加えた直後に背後に回り込み、一気に斬り裂いた。

今までのバルザードは少し大きめのナイフの様な使い心地だったので突き刺して掻っ切る感じが多かったが、今のバルザードは完全に斬り落とすイメージだ。

ただ、使い勝手とは別に若干の違和感を覚えてしまった。

斬撃を飛ばした時も、斬って落とした時も『アサシン』の効果が影響しているせいなのか、今までと比べると何となく手応えが薄い感じがする。

斬れ味が良くなってスムーズになったのとは少し違った感じだ。

違和感も感覚的なものなので今だけなのかもしれないし、ただの気のせいかもしれない。

敵へのダメージを見ても、進化したバルザードがパワーアップしたのは間違いない。

パーティメンバーと別れた翌日も進化したバルザードの検証のために二階層に潜った。

「ご主人様、前方にゴブリンです」

二階層はゴブリンが単体でしか現れないので、今の俺なら一人でもそれ程問題にはならない。

前方に見えるゴブリンに向かって走り、棒で攻撃してきた所を避け、そのままバルザードで斬って落とす。

「う～ん、なんかおかしいんだよな～」

「マイロード、どうかされましたか？」

「バルザードを使った感じがちょっとおかしいんだ。いつも通りやってるんだけど、もっと力を込められるような、全力じゃないような変な感じがするんだ」

「はっきりした事は言えませんが、私も幾つか魔剣を扱った事があるので申し上げますが、もしかしたらマイロードの魔剣は力をチャージ出来るのでは無いでしょうか」

「チャージって何？」

「攻撃を一旦溜めて放つ事で威力をアップさせる事が可能になるのです」

「それってどうやるんだ？」

「攻撃の前に溜めるんです」

「そう……まあやってみるよ」

ベルリアの剣術の指南は結構分かり易いと思うのだが、今回のは説明が感覚的すぎて分からないのでやってみるしかない。

溜めると言っているので、試しに素振りで力を込めてやってみるがやっぱり良く分からない。

二匹目のゴブリンを見つけて今度は斬撃を飛ばしてみる。

いつものように斬撃を飛ばす前に振りかぶって自分なりに溜める動作を実践してみた。

力を込めて溜める動作をおよそ三秒程おこない思い切って振ってみた。

その瞬間、今まで感じていた微かな違和感が消え、進化前と同じ様な感覚で振り切れた。

そして飛ぶ斬撃はゴブリンを切り裂き、明らかに威力が増している。

『愚者の一撃』の様に斬撃が唸りをあげるような事はないが目に見えて威力が増している。

「すごいな。これがチャージか」

次のゴブリンには近接で直接攻撃を仕掛けてみた。

試しに飛ぶ斬撃の時と同じように斬る前に溜めの動作をやってみようとしたが無理だった。

いくらゴブリンとはいえ、殺傷能力を持ったモンスターの前で溜める動作を三秒も行う事は、無防備に攻撃を誘っている事に等しく、一秒も持たずに諦めた。

正面から溜める事は、ほぼ不可能なので、すぐにナイトブリンガーの能力を発動してから背後に回り、無防備な背中に向かって静かに溜める動作をおこないバルザードを振るった。

先程と同じように違和感なく振る事が出来たが、斬れ味が増したというよりも威力が増した感じでズバッと斬れた感覚だ。

「マイロード、やはりチャージ出来ているようですね。すばらしい威力です」

「そうみたいだ。今までこんなのは出来なかったから進化してパワーアップしたみたいだな」

このチャージについては使い所とタイミングが難しいが、強力なモンスターへの対抗手段として有効だろう。

その後も二階層で色々と検証してみたが、やはり魔核は最大十個吸収する事が出来、通常攻撃でのバルザードの使用効果は十五回が上限だった。

通常の戦闘で十五回剣を振るう事はまず無いので、ダンジョンの探索では十分な使用回数に到達したといえるかもしれない。

ただチャージを使用すると最大六度の使用で効果が切れた。残念ながら無条件で出力がアップするなどという都合の良い話はなかったが、これは使い方次第だろう。

進化したバルザードの検証を終えたので、残りの時間で腕試しも兼ねてベルリアと戦ってみる事にする。

俺の今のＢＰは76。

ベルリアのＢＰは99。

その差は23あるのでまだまだ開きはあるが、ベルリアが通常の剣を使用しているのに対して俺はバルザードＬＶ３とナイトブリンガーそして『アサシン』の効果やブレスレット、理力の手袋を身に付けているので実際のＢＰからかなりかさ上げされているはずだ。

普段の訓練では軽くいなされてばかりだが、この辺で俺も主人としていいところを見せておきたいと思い、挑戦する事となった。

「ベルリア、真剣にやってくれ。ただし大きな怪我はなしでいこう。腕とかなくなったら洒落にならないからな」

「マイロード、ある程度は『ダークキュア』で治りますので大丈夫です」

「ベルリア、治るから大丈夫とかじゃないんだ。腕がなくなったら俺はショック死するかもしれないし、腕以外も無理だからな」

「そうですか。分かりました。それでは『アクセルブースト』は控えさせていただきますね。力加減が出来ませんので」

「そうだな、そうしてくれ。腕どころか胴体ごといかれそうだもんな」

距離をとってバルザードを構える。

「それじゃあいくぞ！」

気合を入れてベルリアに対峙する。

正面から斬り合うべくバルザードを構えて踏み出して斬りかかる。

ベルリアが左の剣で受け止めたのでそのまま押し込みにかかるが全く押し切れる気配は

無い。諦めて角度を変え再度切りかかるが、今度もあっさりと受け止められてしまい、その瞬間右手の剣で俺の首筋に向かって剣を振るわれ、あっさりと勝負は決してしまった。

俺としては本気でやったつもりだが、正攻法では全く勝負にならなかった。正に瞬殺だ。

「まいった。やっぱり強いな。悪いけどもう一回いいか？」

「もちろんです。何度でもお相手させていただきます」

「よしっ！」

俺は気合を入れ直して再びバルザードを構えた。

ベルリアが隙を見せてくれるとも思えないので、少しずるいが開始の合図の前にチャージしておいた斬撃をそのまま飛ばしてベルリアの正面から外れるように移動する。
チャージした斬撃を避けるためにベルリアの視線は俺から完全に外れた。
そのままベルリアに向かって踏み込むがベルリアの剣が俺の右側を横切る。ほんの少しだけ剣のスピードが遅く感じて、どうにか避ける事ができたが、避けなければ完全に当たっていた。

ベルリアのリカバリーが早いが止まればすぐにやられるので、全力で動き続ける。

背後まで回り込んで剣を振るうが、ベルリアは振り向かずにそのまま前方へ進みあっさりと避けられてしまった。

今度は避けられないように追いかけて突きを入れようとするが、ベルリアが反転して攻撃してきたので、バックステップを踏んで一旦下がる。

「ふっ」

短く呼吸をしてからバルザード斬撃を至近距離から飛ばす。

ゼロ距離とは言わないが剣が届く位置からの見えない斬撃なので防ぐ術はないはずだ。

斬撃は見えないはずなのに、ベルリアが二刀を十字に払った。

流石に完全には防げなかったようでベルリアにもダメージが入るが、まったく気にするそぶりも見せずに攻撃に転じてきた。一撃目は何とか防ぐ事ができたが、その次の攻撃は回避しきれず、ナイトブリンガーに当たってしまった。

痛い……。

鎧越しだが当たるとかなり痛い。

「参った」

これ以上は優位性を保てそうになかったので、すぐに降参した。

「マイロード、先ほどの攻撃は素晴らしかったです。私がマイロードの手の内を知っていたので、予測して対応する事が出来ましたが、そうでなければどうなっていたか分かりません」

やはりまだまだベルリアには通用しなかったが、ベルリアの言葉は嬉しかった。

そのあと何度か戦ってみたが、完全に手の内がバレてしまったのであっさりとひねられてしまった。

やはりベルリアの壁は高いが、最初よりはその距離が詰まってきているような気がするので、これからも頑張っていきたい。

第三章 ゲートキーパー

先週での攻略はかなわなかったのでこの週末こそ十三階層の攻略を果たしたい。

学校では、久しぶりに春香から映画のお誘いを受けたが、急だったので来週行く約束をした。

「海斗、よかったら週末に映画に行かない？　『ラビリンスラプソディ』を見たいと思ってるんだけど」

「ごめん、今週はダンジョンに潜るのが決まってるから来週でもいいかな」

「うん、もちろんだよ。その時にお買い物もいい？」

「何か欲しいものがあるの？」

「そろそろ春っぽい服も買いたいなと思って」

「そう、いいんじゃないかな」

メンバーには事情を話して来週の土曜日に休みをもらう事を了承してもらった。

「海斗さんって、毎日ダンジョンに潜ってそうですけど普段からデートってちゃんとしてるんですか？」

「いや、そもそもデートじゃないけど、たまに」

「たまにってどのぐらいですか？」

「二〜三週間に一回ぐらいかな」

「え〜海斗さん高校生なのですよ。しかも同じ高校で家も近いんですよね」

「まあそうだけど」

「ありえないのです。普通毎日デートじゃないですか？」

「いや、だからデートじゃないから毎日じゃないんだよ」

「海斗さんやばいのです」

「海斗がやばいのは前からよ。きっと今のままじゃ彼女に振られるわね」

「いや、だから彼女じゃないし、まだふられてもないんだって」

「海斗は己を見つめ直した方がいいと思う。私達に気を遣わずもっと休んでもいいんだぞ」

「いえ、大丈夫です」

なぜか三人に責められるような形になってしまったが、春香とは学校で毎日会っているし毎日デートと言われても毎回カフェに行くわけにもいかないし難しい。

出来れば週に一回ぐらいは誘ってみたいが、そんなに毎週口実を思いつかない。

「ご主人様、敵ですよ。しっかりしてくださいね」

「鼻の下伸ばして春香のことばっかり考えてるんじゃないぞ！」

「なっ！　何を」

「お前の鼻の下に全部書いてあるんだよ」

毎回、何でこの二人は俺の心が読めるんだ？　しかも聞いても教えてくれないがなぜ春香の名前を知ってるんだ？

俺は動揺する気持ちを立て直してモンスターに立ち向かう。

気持ちとは裏腹に身体はしっかりと慣れてきた対トレント戦を順調にこなして撃退する事ができたので先を急ぐ。

トレントのエリアを抜けて、先週俺が穴に落ちた位置まで到達したが、既に穴は無くなっていた。

ダンジョンの不思議な所だが、ダンジョンの損傷した部分については時間の経過とともに自動修復してしまうようだ。

隠しダンジョンの扉などはシルが壊したままになっているので、すべてというわけではないようだが。

「よし、ここからはみんな落とし穴と鳥型にも注意していこう」

落とし穴に注意しながら進もうとは言ってみたものの、突然地面が無くなってしまうのだから注意のしようがない。

サーバントの三人と一匹そしてあいりさんだけはなぜか華麗に避けることができたが、俺を含む残りの三人には避ける事は困難だった。

俺は飛んだり跳ねたりしながらどうにか避けようと試みたが、ヒカリンが穴に落ちて事態は急変した。

「きゃっ！」

後方で声が上がったので慌てて振り向くと、ヒカリンがいなくなっていた。

「大丈夫か！」

「はい、大丈夫なのです。『ファイアボルト』」

ヒカリンは穴に落ちたものの、後方からゆっくり歩いて来ていたので落ちても特別ダメージを受ける事なく冷静に根を倒してから上がって来た。

俺は全力で走って穴に落ちた結果窮地に陥ってしまったが、止まった状態、もしくはゆっくりと歩いた状態で落ちたとしても、穴に落ちてビックリする程度で冷静に対処すればなんて事はなかった。

俺のスピードを逆手に取り、冷静さを奪う恐るべき攻撃ではあったが、対応策が分かれば怖さはなくなった。これからは穴に落ちても冷静に対応していきたい。

日曜日も朝から十三階層へ潜るが昨日かなり順調に進めたので、今日で十三階層を突破するつもりだ。

今まで十三階層を進んでの感想は、蚊などの虫を除けば至って快適で敵も馴れてしまえばオーソドックスというか与しやすい敵が多いという印象だ。

少し気は早いが十四階層へと意識がシフトしてしまいそうになる。

「みんな、今日中に十四階層へ行けそうな気がするんだけど何か情報持ってる？」

「十五階層はゲートがあるから結構情報が出回ってるんだけど、十四階層は地味に目立たないせいか余り情報がないのよね」

「わたしも地味に辛いエリアとだけしか分からなかったのです」

「地味に辛い？」

「はい。他の階層よりも敵の出現頻度が多くて進み難かったりするそうなのです」

「それはキツそうだな」

「ご主人様、敵モンスター三体です。穴には気をつけて下さいね」

「ああ、わかってるよ。ベルリアとあいりさんが敵を追って下さい。俺はゆっくり追いつきます。ヒカリンとミクは射程まで歩いたらフォローを頼む」

俺の考えた戦闘中の穴対策がこれだ。なぜか穴を避けることが出来る二人に先に行ってもらい、俺は落ちても大丈夫なようにゆっくりと歩きながら後を追いかける。ミクとヒカリンも不要に動く事をやめて遠距離攻撃によるフォローに徹する。

ベルリアも魔核銃を完璧に使いこなしているので、あいりさんと連携して鳥型への対処もうまくいっている。

魔核銃でダメージを与えてスピードと高度を下げた敵に対してあいりさんの『アイアンボール』が炸裂する。

後方へ抜けてきた敵は俺がバルザードでしとめにかかる。

上空を飛んでいる敵を一撃必中とはいかないので、後方からの援護射撃を受け動きの限定された鳥型をしっかり狙って確実にしとめる。

ほぼパターンになりつつあるのでもう慣れてきたが、俺の足元の地面がくぼみ、そのまま穴に落ちるが、慌てずに着地して襲ってきた根に向かってバルザードを突き立てて倒した。

「もうこのタイプのモンスターは大丈夫だな」

「そうだな。最初海斗が突然消えた時にはびっくりしたが、ヒカリンのお陰で対処法も分かったし、もう大丈夫だろう」

その後も何度か同じ様に戦闘を繰り返すうちに十三時になり、お腹が空き始める時間となった。

そろそろ昼休憩を取ろうかと思い、みんなと相談しながら歩いていた所、何の前触れもなく前方に階段を発見してしまった。

「おおっ、あれって十四階層への階段だよな」

「そうですね」

「ようやく次の階層ね」

俺達は階段を目指して進み階段のすぐ下までやって来た。

「どうしようか。このまま進んでみようかと思うんだけど。今日はまだ時間がかなり残ってるし」

「そうね。ここでご飯食べてから進みましょうか」

「そうですね。まずご飯なのです」

「そうだな。新しい階層には興味があるから、この後行ってみるのは賛成だ」

みんな今日次の階層に行くのは賛成してくれたので、階段の下でお昼ご飯を食べる事にする。

今日の俺のお昼ご飯はコンビニの焼きそばパンとたらこおにぎりだ。

「海斗さんいつも思うのですけど、パンとおにぎりってどちらかにした方が良くないですか？」

「分かってないな。両方を一回で食べれるからいいんじゃないか。コンビニの醍醐味だぞ」

「そういうものですか？」

「そういうものだよ。一回で二度美味しい感じ。そういえばヒカリンってコンビニで買い物とかするの？」

「行った事はありますが買った事はないのです。ママが身体に良くないものがいっぱい入っているから食べてはいけないと」

「そうなんだ。俺はいつも食べてるけど至って健康だから大丈夫だと思うけどな〜。それにしてもそんなに心配性のお母さんが良く探索者になるのを許してくれたな〜」

「それは、まあ家でゲームばかりするよりも良いだろうとの事で、応援してくれているのです」

メンバーのプライベートは結構謎だがヒカリンだけは、はっきりと分かる。俺も昔はまってしまったから分かる。ヒカリンは生粋のゲーマーだ。口ぶりから恐らくVRゲーム中心だとは思うが、言葉の端々から、それ以外のゲームに対しても造詣が深い事が窺い知れる。

ミクはカードゲームだけの様だが、俺のパーティはなぜかゲーマー比率が高い様だ。

「ご主人様、お気をつけください」

「なんだ？　モンスターか？」

「いえ、モンスターではありませんが、あちらの階段の方から……」

シルに言われて十四階層への階段の方へと目をやると、なにやら黒いもやのようなものがふわふわと浮いているのがみえる。

少しずつ形を変えながら徐々にこちらへと向かってきている。

「みんな！」

「えっ？　あれって何？」

「海斗さんあれって」

「海斗、あれは羽虫の集団じゃないか？　あの感じだと百の単位ではきかないんじゃないか」

あいりさんは冷静に状況を分析しているが、その間にも徐々にその塊はこちらへと近づいてきている。

あいりさんが言う通り、あれが羽虫の集まりであるなら殺虫剤だ。俺が常備してある強力殺虫剤の出番だ。

急いでリュックから殺虫剤を取り出して、近づいて来る黒いもやのような塊に向けて噴射する。

殺虫剤ブレスが噴霧されたところから、黒い塊が分散し始めたので更に吹きかけるが、分散した末端の部分から、逃げ延びた一団がこちらに向かって飛んできた。

必死で殺虫剤を吹きかけるが、すべてをカバーしきれない。

「ベルリア!」

「はっ、おまかせください」

ベルリアが俺の前に立ち剣を振るうが、当然羽虫の一団はばらけただけで襲い掛かってきた。

「痒いっ!」

どうやら羽虫の一団の正体は蚊の集団だったようで、こちらの攻撃をかいくぐった個体が一斉に俺の血を吸い始める。

無防備の右手と顔と頭や首回りが強烈に痒くなってくる。

どうやらダンジョン産の蚊は知能が高いのか、攻撃した俺とベルリアを集中的にターゲットにしているようで、後方に控えるメンバーにはそれほど被害が及んでいる感じではない。

　ベルリアにも予備の殺虫剤を渡し身体にとまる蚊を追い払いながら格闘し、どうにか蚊の一団を壊滅させることに成功した。

「痒すぎる。ベルリアは大丈夫なのか？」

「気合です」

「よかったらベルリアも痒み止めのクリーム使うか？」

「はい、お願いいたします」

「海斗さん、顔が腫れてるのです」

「ベルリアも刺されすぎでしょ」

「海斗たちのおかげで助かったよ。私たちは全くの無傷だ」

　みんなが無事ならよかったけど、この痒みはきつい。クリームを塗っても全然おさまらない。

　以前から感じていたことだが、やはり虫よけリングはダンジョン産の蚊には効果が薄いらしい。

　あまりの痒さに、十四階層に降りるまえに痒みがおさまるまで長めの休憩を取らせてもらった。

痒いままで新たな階層へと向かうのは危険すぎる。

それにしてもベルリアもかなり酷い有様だが、全く痒そうなそぶりを見せない。

「ベルリア、だいじょうぶか？」

「ふ〜っ」

どうやらあまり大丈夫じゃなさそうだ。地上の蚊よりも痒みが強烈だ。やっぱり悪魔でもこの痒みには勝てないらしい。

しばらく休んでいるとクリームが効いたのか、少し腫れと痒みがおさまってきたので、予定通り十四階層へと向かう事にするが、十四階層への行く手を阻んだ蚊の脅威は他のモンスターに勝るとも劣らないものだった。

階段を下っていくと、少し明るいフロアに出た。

「ここが十四階層か」

階層自体が明るいので十二階層よりは進みやすそうだ。

「それじゃあ、先にいくけど敵がきても大丈夫なように注意して進もう」

階層が進むにつれ初見のモンスターはスキルも含めて特に注意が必要になってきている。

「ご主人様、モンスター三体がこちらに向かっています」

やはりトレントの待ち受けていた十三階層とは勝手が違う。

「俺とベルリアとあいりさんが前へ、残りのメンバーは敵を確認してから各自でフォローを頼んだ」

三人で横一列に並んで敵を待ち構えるがすぐにモンスターが現れた。

現れたのはゴブリンだが普通のゴブリンよりも明らかに大きい。

「こいつらは、ホブゴブリンか？」

以前遠征した平面ダンジョンに現れたゴブリン達は所謂亜種だと思うが、このホブゴブリンは上位種だ。ゴブリンの上位種、どの程度の力を持っているかは分からない。

「ギャギャギャギャギャギャ！」

甲高い声でこちらを威嚇してくる。俺達も武器を構えて応戦する。

ゴブリンと比べても重量感のある走りで向かってくる。

手にはそれぞれ武器を持っており、その武器を振りかぶり斬りつけてきたので、半身になって避ける。

「よげるどは生意気な」

「はっ？」

いきなりホブゴブリンが喋った。こいつ喋れるのか。さっきのモンスター然とした叫び声は何だったんだ？

喋れると思わなかったので面食らってしまったが、手を止めずに反撃する。

「お前喋れたのか、驚かすんじゃない」

「人間のぐぜに生意気な」

バルザードで斬りつけたが防がれてしまったので、そのまま押し込もうとするが、押し切れない。

「くぅう」

思いっきり全身の体重をかけるが動かない。

力だけなら俺以上なのだろうがスピードはこちらに分がありそうだ。

体重をかけた状態でバルザードに破壊のイメージをのせると、ホブゴブリンの剣がバルザードとの接地面から折れた。

俺はそのままバルザードを振るい、武器を失いその場で棒立ちとなったホブゴブリンを斬り裂いた。

今の戦いは一瞬で終わったが、このホブゴブリンかなり強い。さすがはゴブリンの上位種だ。

バルザードという特殊な武器を持っていなければ、結構苦戦したかもしれない。

残りの二人はまだ戦闘中だったが、それぞれを後方からの援護射撃を受け優勢に戦っており、ベルリアもあっさりと勝負を決めた。

残るはあいりさんだが、相手の武器との間合いが合わずに少し手こずってはいたが、スナッチがヘッジホッグを仕掛けてダメージを与えた所を一気にしとめた。

「十四階層の最初の敵にしては強いな。これは気を引き締めてかかった方が良さそうだ」

「そうだな、一対一なら結構苦戦したかもしれない」

「パーティみんなで連携して戦いましょう」

「それがいいのです」

少し手こずったものの初戦を無傷で切り抜けたので上々の滑り出しといえるだろう。

魔核を回収してから、気を引き締め直して歩いていると突然周囲の温度が下がり、薄暗くなった。

「なんだ？　どうしたんだ？」

「ご主人様、敵だと思われます。三体ですが恐らく通常の敵ではありません」

「通常の敵ではないってどういうことだ？」

「ベルリアの時と感じが似ています。恐らく悪魔だと思われます。悪魔のテリトリーにはまってしまったかもしれません」

悪魔⁉

俺が今まで敵として出会った悪魔はベルリアただ一人。

確かに他の悪魔も潜んでいるかもしれないとは聞いていたが十四階層でいきなりか！

しかも三体？

「シル、三体とも悪魔なのか？」

「恐らく間違いないと思います」

「引き返せば十三階層に逃げられると思うか？」

「既に捕捉されていると思われますので、難しいと思います」

「そうか……」

逃げられないなら戦うしかないが、敵であった時のベルリア以上の悪魔が三体出てきたら間違いなく負ける。ベルリアの時は一体のみだったのでルシェの力でなんとかなったが、流石に三体は無理だ。どうする？

多くの探索者がいる中でどうして俺のパーティばかりイレギュラーな敵に襲われるのか納得がいかないが、無理でもやるしかない。

「とにかく全力でやるしかない。俺とベルリアとが前に立つ。あいりさんは様子を見ながら前に出てください。残りのメンバーは状況に合わせてフォローを頼んだ」

進む足にも自然と力が入り、身体が硬くなるのを感じる。

「ふ〜〜っ」

大きく息を吐いてからフォーメーションを整えて前に進んでいくが、なぜか少し寒い。

「マイロード、いました。三体とも間違いなく悪魔です」

「あれってなんの悪魔だ？」

「一番小さいのがインプ、そしてあのモヤの様なのがドリームイーター、最後がフロストデーモンです」

「あいつら強いのか？」

「下級デーモン達ですので以前の私程ではありませんが、今の私達にとっては間違いなく強いですね」

「そうか……。ベルリアどれをやる？」

「ドリームイーターは残念ながら相性が悪いのでフロストデーモンをおまかせください」

「それじゃあ俺はインプだな。ドリームイーターはシルとルシェにまかせよう」

日の前に現れた敵は下級悪魔らしいので士爵だったベルリアよりは弱いらしいが、三体もいるので油断は出来ない。

俺の相手のインプだが名前だけは聞いたことがある。姿はベルリア達と同じぐらいの大きさだが、目が赤く腹が出ていてとても強そうには見えないが、俺が知っている程のメジャーな悪魔なので下級といえども強いはずだ。

俺は、歩いている最中に溜めたバルザードの斬撃を迷う事なく速攻で放った。

そして着弾と同時にナイトブリンガーの効果も発動する。

いつもと同じ動作だ。いける。そう思ってインプに近づこうと走り出すが、インプの方を見て唖然としてしまった。

どんな硬さなんだよ。

なんと溜めたバルザードの一撃が生身の右腕により止められていた。しかも、腕を斬り落とすどころか、軽く切り傷ができた程度のダメージしか与える事が出来ていない。

今の一撃で大きなダメージを与えられないとすると、近距離から斬撃を放つか直接叩き込むしかない。

なんとか動揺を抑え込み、再び気配を消す事に集中し一気に距離を詰めるが、インプは手に持つショートソードで俺に向かって的確に攻撃を仕掛けてきた。

とっさにバルザードで受けるが、俺の腕に強烈な重みが加わる。

こいつ俺の事が完全に見えている。

ナイトブリンガーの効果が全く波及していない。

ナイトブリンガーの効果は今までの経験上レベルが高い敵程薄い。

という事はこいつは完全に俺よりもレベルが上という事だろう。

『アサシン』の効果が発動しているのかどうかもわからないが、剣速がそれほどゆっくりになったとは感じられなかった。

小さな身体だがどう考えても膂力は俺より上なのでバルザードで押し返す事は諦めて斜めに逸らす。

「いやあ～！」

俺のすぐ背後からあいりさんの気合の声と共に薙刀の一撃が振り下ろされ、完全にインプを捉えたと思ったが、瞬間的にインプの体がぶれて避けられた。

「やあああ～！」

あいりさんが更に俺の位置まで踏み込んできて横薙ぎに刃を振るう。

今度は間合いを詰めたおかげで完全に捉えたが、俺の攻撃同様腕で止められてしまった。

すかさず俺もバルザードで斬りかかるが、インプの短い足がカウンター気味に飛んできて弾き飛ばされてしまった。

「ぐううぅ～」

やはり強い。

俺が弾き飛ばされたのを見て、ミクがスピットファイアで時間を稼ごうとしてくれるが、インプは火球を煩わしそうに手で弾いて防いでしまった。

俺はすぐに起き上がり、再び気配を薄めて『アサシン』の効果を阻害しない様に心の中で雄叫びを上げながら向かっていく。

既にバルザードは起き上がると同時に溜めている。

狙うのはベルリアにも通用した理力の手袋との連係技しかない。

あいりさんが戦ってくれている間に素早くインプに接近してから足首を掴んで引き倒しにかかる。

タイミングを見計らって掴んで思いっきり引っ張ったが短足の恩恵か若干バランスを崩したもののしっかりと踏みとどまられてしまった。

奥の手ともいうべき策が通用しなかった。

こうなったら作戦を変更するしかない。

あいりさんと二人で連携して倒すしかない。

あいりさんは薙刀の間合いを生かして必死に斬り掛かっているがダメージを与えられてはいない。

俺はあいりさんの身体を死角に使い、溜めた状態のバルザードを飛び込むと同時に直接インプの頭に叩き込んだ。

「グエッ！」

カエルの鳴き声の様な音がインプから聞こえたが腕同様に頭で受け止められてしまった。

「嘘だろ……」

進化したバルザードの一撃を直接叩き込んだのに、変な声を上げた以外は大きなダメージも無さそうだ。

流石にこの風貌でこの硬さは異常だ。何かのスキルなのかもしれない。

渾身の一撃でもダメージを与える事は出来なかったが、しっかりとヘイトを集めた様で日の色を変えて俺に斬りかかってきた。

同じショートソード同士なので相性は悪くないが、それはインプも同じだ。容赦無く斬り付けてくるので防ぎきれずに何度かナイトブリンガーに刃が届いてしまう。

力押しの剣術でベルリアの様な華麗さはないが、その勢いに圧倒されてしまう。

『斬鉄撃』

あいりさんが横から、隙を突いて斬りかかるが『斬鉄撃』もあっさりと受け止められてしまった。

通常の武器で有れば砕けていてもおかしくないのでインプの持っているショートソードも魔剣の類なのかもしれない。

すぐにバルザードを振るい追撃をかけるが今のままでは埒があかない。

「ミク、あいりさん、少しだけ時間を下さい」

「わかったわ」

「わかった。まかせろ。いやあああ～！」

俺は一旦、後ろに引いてから覚悟を決める。

インプの外皮が硬すぎる。通常の攻撃では倒せない。俺の最大の一撃を叩き込むしかない。

『ウォーターボール』

バルザードに氷を纏わせ『魔氷剣』を準備し、すぐに溜めの姿勢に入る。

「ふ～っ」

息を整えてから再びインプに挑む。

俺の動きは完全に見切られているので息を殺すよりも周りとの連携を優先する。

「あいりさんいきます。ミク、スナッチに『ヘッジホッグ』を」

俺の背後から鋼鉄のニードルが押し寄せると同時にあいりさんが、その場から引きながらスキルを発動する。

『アイアンボール』

至近距離から鋼鉄の玉がインプの腹に命中する。

「グェッ」

流石に鋼鉄のニードルと玉の両方を捌く事は出来なかった様で、ニードルを弾いている最中に鋼鉄の玉が腹にめり込む。

鉄球をあの距離からくらえば今までの敵なら潰れていた。残念ながらインプは健在だが痛みは有るようで一瞬怯んだ様子を見せたのを見逃さず俺も思いっきり踏み込んだ。

「これで決まってくれ！　『愚者の一撃』おおおおお〜」

今の俺の最大の一撃は、溜めた魔氷剣を『愚者の一撃』を使い直接叩き込む事だ。

今まで使用した事はないが、今の俺にこれ以上の一撃は考えられない。

インプの頭上から渾身の一撃を放つ。

「ギャアアアア〜」

ゴブリンよりもはるかに大きい叫び声が響いた。

インプは俺の剣を受け止めるべく腕をあげてきたので、俺は腕ごとインプを真っ二つにする気で渾身の一撃を放った。

異様に硬い抵抗感を覚えたが、そのままねじ込んで腕を切断する事に成功した。

『魔氷剣』はそこで威力を削がれてしまい、本体を切断するには至らなかった。

「あいりさんっ！　代わって下さい」

『愚者の一撃』の使用で俺のＨＰは一桁台まで低下し、激しい疲労感が襲ってきた。今インプに蹴られたら確実に死ぬ。

あいりさんと入れ替わり、急いで後方に下がって、低級ポーションを一気に煽る。

ポーションの効果が身体を駆け巡り、徐々に倦怠感が取れてきた。

インプは流石に片腕を切り落とされて、おびただしい量の出血と共に目に見えて動きが悪くなっている。

あいりさんが無くなった左腕の方から徹底して『斬鉄撃』による攻撃を繰り返し、手傷を増やしているが、それでも倒すには至っていない。

身体が動くようになったのを確認してから、俺は効果の切れた魔氷剣を再び発現させてからナイトブリンガーの効果を発動させる。

流石に今の状況であれば俺から意識が外れる可能性はあると思う。

気配を薄めインプの後方に回り込む。

あいりさんに攻め立てられ、俺に気がついてはいない。

今度は完全に背後を取った。

背後からとどめをさそうとした瞬間、インプがこちらを向き目が合った。

まずいっ！

残った腕を横に薙ぎ、手に持つショートソードで俺に攻撃をかけてきたが、その動きはアサシンの効果もあるのか遅く感じる。

低い位置からの攻撃を避けるべくジャンプして躱し上段からの一撃を脳天にお見舞いしてやった。

「うおおお～『愚者の一撃～！』」

これで決まってくれ。俺は二度目のスキルを発動する。

俺のＨＰのほとんどを費やした渾身の一撃は、先ほどとは違い抵抗感なくスムーズにインプを両断する事に成功した。

最初の一撃は物凄い抵抗感を覚えたが、今の一撃は全く違う感覚だった。

発動条件は全く分からない。『アサシン』になってから時々こういう事があるが、とにかく自分達の力で悪魔を一体倒せたので良かった。

すぐに二本目の低級ポーションを取り出し飲み干してから、他のメンバー達に目をやるが、ベルリアだけではなく、シル達も交戦していた。

あいりさんはすぐにベルリアの下に走ったが、俺は状況を確認する為にその場に留まった。

ベルリアはフロストデーモンと戦っているが、インプに比べると大型の悪魔であるフロストデーモンに押されている。

時折ヒカリンが『ファイアボルト』で援護して何とか均衡を保っている状態だ。

ベルリアもスピードと技術で相手を上回り幾度と渡り斬り付けているが、氷で出来た体躯に完全に阻まれている。

シルとルシェはドリームイーターを相手にして交互に攻撃を繰り返し寄せ付けてはいないが、どうやら霧状の敵に攻撃の効果が薄いようで倒せてはいない。

これは思った以上に相性が悪い。

「ヒカリン、ベルリアのフォローは俺がするからシル達の方を頼む。どうにか『アイスサークル』でドリームイーターを閉じ込められないか？」

「やってみるのです」

メンバーを入れ替えて二体の悪魔を倒しにかかる。

俺もフロストデーモンに向かい三人で一斉に斬りかかる。

「マイロード、ご助力ありがとうございます。フロストデーモンは身体の硬さと常時氷結スキルを使ってきます。同じ場所に長くとどまって斬り結ぶ事は出来ませんので御注意を」

ベルリアのアドバイスを受けている間にも足下が凍りかけていたので慌てて移動を繰り

返す。

ベルリアの双剣に加え俺とあいりさんが加わり四本の刃で一斉に襲いかかり圧倒的に手数では優っている。

「三対一とは卑怯な。正々堂々戦えないのか」

「悪魔が何言ってるのよ。三人だけじゃないわ。私達もいるのよ」

追い詰められたのか突然フロストデーモンが喋りかけてきたが、やっぱり悪魔は普通に話せるらしい。

ミクとスナッチも後方から攻撃を仕掛ける。

「人間とはこれ程に卑怯なのか」

「いや、そもそもベルリアは悪魔だしな。悪魔が卑怯を語るなよ」

「悪魔の子供がどうして人間の味方をしているんだ。一緒にそこの人間どもを倒そうではないか」

「話になりませんね。マイロードに反するなどあり得ません」

「何かギアスで縛られてるのか。子供を縛るとは卑怯な人間どもが！」

なんだこの勘違い悪魔は。勝手に勘違いしてヒートアップしている。

フロストデーモンなのだから少しは冷静にしてもらいたいものだ。

四人と一匹でかかっているので、押してはいるが、ほとんどダメージが入らない。

俺の斬撃も何度かヒットしているが、少し氷の身体が削れただけで決定打には程遠い。

「海斗、ヒカリンが……」

背後からミクの声がしてヒカリンの方に目をやると地面に倒れている。

「ヒカリン！　大丈夫かっ！」

俺の呼びかけに全く反応しない。

「マイロード、恐らくドリームイーターに眠らされたのだと思います」

「ベルリア治せるか？」

「お時間をいただければ」

「よしっ、じゃあここはまかせて行ってくれ！」

ベルリアをヒカリンの治療に向かわせて、インプ戦と同じメンバーで臨む。

「やはりただの外道だ。悪魔の力を借りねば大した事はないな」

フロストデーモンはベルリアがいなくなったのを良い事にこちらを攻め立ててくる。

「いや、外道はお前だろ。悪魔なんだから」

「何を馬鹿な事を言ってるんだ。人間こそ外道。悪魔こそ正義の使徒だ」

この悪魔がおかしいだけなのか、文化の違いか話が噛み合わない。

「あいりさん、『斬鉄撃』中心でいきましょう。通常攻撃では無理です」

「ああ、わかってる」

あいりさんは『斬鉄撃』で応戦するとして問題は俺だ。

俺の手元にあった二本の低級ポーションは既に使い果たしてしまった。

『愚者の一撃』は、無理すればあと一回だけは使用可能だがしとめられなかった時はやばいので、本当に最後の最後までは使えない。

あいりさんにしとめてもらうべく今度はフォローに回る。

ベルリアの穴を埋めるため素早く動いて手数を増やす。

俺では足りない部分をミクとスナッチが後方からフォローしてくれる。

「やあああああ～！」

一瞬の隙をついてあいりさんが『斬鉄撃』をフロストデーモンの左腕に叩き込み破壊する事に成功した。

「ぐわあああ、痛い、痛いぞ」

フロストデーモンがオーバーアクション気味に騒いでいるが、見ている側から破壊した腕が修復していく。

「させるか～！」

あいりさんと俺は回復を阻害するために追撃をかけるが、みるみるうちに腕が修復してしまった。

「痛い。腕を斬るなどやはり外道の所業、許せん」

『フロストソード』

フロストデーモンがその手に出したのは氷の刃だった。

「それってほとんど魔氷剣じゃないか」

俺の漏れ出した心の声とは関係なく、いきなり魔氷剣もどきで斬り付けてきたので、咄嗟にバルザードで受け止めるが、接地面から急激に冷却されてバルザードが凍り始める。

やばい。

危険を感じ、咄嗟に理力の手袋の力で顔を殴りつけ後方に下がる。

このままではまともに斬り合う事もままならない。

『ウォーターボール』

俺はバルザードに氷の刃を纏わせ魔氷剣を出す。

「おい、なんだそれは。フロストソードの真似じゃないのか。さすがは外道。私の剣まで盗み取ろうとするとは言語道断。偽物のフロストソードなど一瞬で砕いてくれる」

「いやあああああ～！」

フロストデーモンが長々とふざけた事を喋って注意が俺に集中している間にあいりさんが渾身の一撃を頭に見舞った。

『アイアンボール』

更に頭に向けて鉄球をぶち込んで完全に頭部を破壊する事に成功したが、消滅はしない。

頭じゃダメなのか？

俺はすぐさまフロストデーモンの懐まで入り込んで、魔氷剣を胸に突き刺すが、貫通には至らない。

さっき『愚者の一撃』は最後の最後まで使わないと決めたばかりだが、ここしかない。

使うには早すぎる気もするが、どう考えても今しかない。

「やってやる。くたばれ、このお喋り悪魔！　『愚者の一撃』」

胸に刺さった魔氷剣に破裂のイメージをのせて『愚者の一撃』を発動する。

その瞬間フロストデーモンの氷の身体は完全に砕け飛んだ。

「やった。もう無理だ。出し尽くした……」

ステータスを確認すると俺のＨＰは４まで減ってしまっていたが、なんとか二体目のおしゃべりデーモンも撃破する事に成功した。

「えっ!?」

俺はヘロヘロになりながらも、どうにかフロストデーモンを倒したので最後の一体ドリームイーターがどうなったのか確認する為に視線を移した。

「なんで……」

ドリームイーターは未だ健在で、シルとルシェが交戦している。

ヒカリンとベルリアはどうなった？

後方に目をやるとそこにヒカリンが倒れていた。そしてその横にベルリアも倒れていた。

ベルリアお前もか……。

どうやらミイラ取りがミイラ状態でベルリアもドリームイーターのスキルにやられてしまったらしい。

「あいりさん、ミク、シル達のフォローを頼む。俺はちょっと休ませて」

「わかった、まかせろ」

「わかったわ」

恐らくドリームイーターは固体ではないのでシル達の攻撃が効き難いのだろう。ヒカリンの魔法で氷漬けにしてから破壊すれば倒せるのではと考えたが、ヒカリンが倒れている以上それは難しい。

どうにかして他の方法で倒すしかないが俺の『ウォーターボール』では絶対無理だ。

可能性が最も高いのはルシェの『神滅の風塵』だが……あれは……無理だ。

よし、ヒカリンを起こそう。

頭を切り替えた俺はナイトブリンガーの効果を発動して、倒れているヒカリンの下まで走った。

「ヒカリン、しっかりしてくれヒカリン」

ドリームイーターに気取られないように、耳元に顔を近づけて呼びかけてみるが全く反応が無い。

次に肩を揺すりながら呼びかけるが、やはり反応が無い。

気が咎めたが、緊急事態なので仕方なくほっぺたも少しだけ叩いてみたが反応が無い。

ドリームイーターにより普通の眠りとは異なる深い眠りに誘われているようで反応が無い。

一応念のためベルリアにも同じ事をしてみたが反応は無かった。

「あいりさん！」

ミクの声に反応して前方を見ると今度はあいりさんが倒れてしまっていた。

やはりシルとルシェだけが特別で他のメンバーではドリームイーターのスキルを防ぐ事は難しいようだ。

俺も同じだろう。気絶防止のリングは買ったが、恐らくこれは気絶ではなく眠りなので効果は無さそうだ。

俺まで眠ってしまったら詰んでしまう。

もう猶予がない。

う～ん。あ～。またあれを……。

まだシルとルシェに一本ずつ低級ポーションを持たせてあるが、交戦中に俺が近づいて目をつけられるとまずい。

俺は極力気配を薄めてミクに近づいていく。

「ミク、低級ポーション持ってる？」

「ええ、あるわよ」

「後で返すから一本くれないか」

「別に返さなくていいわよ」

「助かるよ」

ミクから低級ポーションを受け取って本日三本目を飲み干す。

低級ポーションは洋風な名前だが味は漢方薬のような味がする。

お世辞にも美味いとは言えない味だ。しかもそれなりの量があるので短時間に三本は結構きつい。

「う～まずい。お腹がちゃぽんちゃぽんいってるよ」

しばらくすると体力が戻ってきたのを実感する。

「ルシエ！　あれをやってくれ」

「わたしは今忙しいんだよ。あれってなんだ」

「あれだよあれ。『暴食の美姫』だよ。いってくれ」

「えっ？　いいのか？　本当にいいんだな」

「ああ、ひとおもいにやってくれ」

「わかったよ、こんな低級なやつに使わされるのは癪だけど、まあ美味しいからいいか」

美味しいって何だよ、人を食べ物みたいに言うな！

「それじゃあいくぞ『暴食の美姫』」

おおおおお～キタ～久々にキタ。人生三度目の『暴食の美姫』だ。

「ぐうううう～」

相変わらず苦痛耐性（微）が仕事をしてくれている感はない。

この感じM体質の人間にとってはもしかして苦痛ではなく快楽なのかもしれないがノーマル属性の俺には最上級の苦痛でしかない。

こうなったらもう俺に出来る事は何もない。

ただひたすらにのたうちながら、俺の命が尽きてしまう前に事が終わるのを待つだけだ。

「あ～久しぶりだな。やっぱり気分がいいな」

苦しむ俺の前には大きくなったルシェが立っている。

「ルシェ……早くしてくれ。わかってるだろ。俺は気分が……悪い」

「ふふっ」

いや、ルシェ。「ふふっ」じゃない。

前もそうだったが普段(ふだん)マウントを取れないからか『暴食の美姫』を使ったらやたらと偉(えら)そうだ。

「ううぇっ」

「まあせっかくだから時間をかけてしっかりと倒してやるよ」

「ルシェ……」

「そんな顔するなって。わたしが何か悪い事してるみたいじゃないか」

「してる……だろ……」

「そんな風に言われるとは心外だぞ。ちょっと待ってろって。それじゃあ、この下級悪魔(あくま)を始末してやろうかな。『神滅の風塵』」

俺がこのスキルを見るのは三度目だが、やはりスキルの格が違う。

巨大な暴風が急激にドリームイーターを中心に集約して消え去ると共にドリームイーターも跡形無く消え去っていた。

分かってはいたが一発で片がついてしまった。

「流石だな……じゃあ解除してくれ」

「ふふん。流石だな？」

カードの超絶美女に近づいた姿でルシェが得意そうな顔で声をかけてくる。

この姿は正直TVで見る芸能人など比較にならない程に美しいので黙ってさえいれば、美の女神と言われても普通に信じてしまいそうだが、喋りと態度はルシェそのものなので残念すぎる。

「ああ、最高だった」

「最高だけ？」

「超最高だったよ」

「ふふっ、なんか嘘臭いな」

「……エクセレントだ」

「エクセレント？」

HP DANGER!!

「マーベラス」

「ふふっ、マーベラス？」

「わたし偉い？」

「ああ偉い。素晴らしい。グレイト！」

「そんなに言うなら解除してやろうかな～」

「流石はルシェだよ。魔核は奮発してやるからな」

「ふふふ絶対だぞ。約束だからな。それじゃあ、あと三十秒満喫したら解除する」

「いや、満喫って死んじゃうから二十秒で頼む。ううう っ……」

「も～しょうがないな。二十秒な」

きつい。

表現するのが難しい程の苦しみが襲ってくる。もう十秒は経っただろうか。

「外道ども。流石にさっきのは死ぬかと思ったぞ。後ろから攻撃するとは卑怯者め」

まさか、この声は……。

苦しみに耐えながら声の方に視線を向けるとそこには俺が倒したはずのフロストデーモンが立っていた。

「なんで」

「外道の技に敗れる私ではない」

最悪だ。ルシェのお遊びのせいで俺の命はあと数十秒となったこのタイミングでフロストデーモンが復活してしまった。

「なんだあいつは？」

「そこにいる麗しい方は悪魔のお嬢さんではないのですか？　さあ一緒にそこにいる卑怯な外道を消し去ってしまいましょう」

「ふふっ、海斗、卑怯な外道だって」

「どうでもいいから早く倒してくれ」

「しょうがないな～。魔核割り増しだからな。約束だからな」

「なにをブツブツ言っているのです。さあ殺してしまいましょう」

「おい！　下級悪魔ごときが誰を殺すって？」

「もちろん、そこの外道です」

「いいか、よく聞け！　この卑怯な外道は一応わたしの家族なんだよ。このわたしの家族を殺す？　ふざけるな！　お前が死ね。『爆滅の流星雨』」

ルシェ、ここで『爆滅の流星雨』⁉

それに卑怯な外道って。家族というのはうれしいけど。

上空に燃え盛る無数の流星が出現し、その全てがフロストデーモンへと降り注ぐ。

『ズドドドドゥゥウウンー』

流星のひとつがフロストデーモンに命中した瞬間、フロストデーモンは蒸発して消えてしまった。

そしてフロストデーモンが消え去った後も燃え盛る流星はその場へと降り注ぎ、ダンジョンの地を焦がし破壊していく。

完全なオーバーキルだ。

ダンジョンがグチャグチャになってしまった。これ、修復できるのか？

いや、いまはそれは措いておこう。

「ルシェ！　時間、時間だ。もう二十秒は経ってる。

「やっぱり三十秒にしとけばよかったな」

「いや、もう十分だ」

「ふふっ、わかったよ」

やはり『暴食の美姫』の使用中は地獄の苦しみを味わうような時間だったが、以前に比べると明らかにルシェが扱い易くなってきている気がする。

これも日頃から俺が気を遣い続けた成果だと思うと感慨もひとしおだ。

「ううぅ……」

永遠にも感じる刻(とき)が過ぎ、ようやく死の苦しみから解放された。

「は～終わった……シル、低級ポーションを頼む」

「かしこまりました」

シルから低級ポーションをもらって、本日四本目を飲み干した。

流石にこの短時間に四本は無理がある。まずい……。

しかも『愚者の一撃』の連発と『暴食の美姫』の使用で、低級ポーションを飲んでも身体が鉛(なまり)のように重い。

「約束通(とお)り魔核(まかく)をいっぱいくれよ」

「分かってるけど、その前にベルリアとヒカリンを何とかするのが先だろ」

「ベルリアはぶっ飛ばせば起きるだろ」

「ぶっ飛ばすのか？」

「そう」

俺は試(ため)しにベルリアのほっぺたをパチパチやってみたが、やはり効果がない。

「そんなんじゃ無理無理。もっと強くだ」

仕方がないので少し強めにパチパチ叩いてみたが反応が薄い。

「甘い。こうだよこう」

『バチ〜ン』

流石はルシェ、容赦がない。

「ううっ。ここは一体？」

おおっ。やりすぎなんじゃないかと思ったが、ベルリアが目を覚ましたので、どうやら適切だったらしい。

「ベルリア、ドリームイーターに眠らされてたんだよ」

「なっ……。そんなバカな……。ありえない……」

「いや普通に眠ってたぞ」

「くっ……一生の不覚」

「それはもういいからヒカリンとあいりさんを頼む」

「はっ。おまかせ下さい」

ベルリアが『ダークキュア』を唱えるとヒカリンが目を覚まし続いてあいりさんも目を覚ました。

「私は……」

「悪魔のスキルで眠らされたんですよ。目が覚めてよかった」

かなり苦戦はしたが、悪魔を三体倒したのだからこれ以上の結果はないだろう。

ベルリアさえ眠らなければ『暴食の美姫』を使用しなくても勝てたかもしれないが、ベルリアにはもっと精神修行が必要なのかもしれない。

シルとルシェは頑張ってくれた分約束通り多めに魔核を渡しておいた。

ベルリアは寝ていただけなので今回はお預けだ。

二人が魔核を摂取し終わるのを待っているとシルとルシェが同時に発光し始めた。

「おおっ。レベルアップか。しかも二人共」

ベルリアは眠っていたせいか光る気配は全くない。

少し間隔を置いてスナッチも光り始めた。

下級とはいえ流石は悪魔。獲得経験値が段違いだったのだろう。ベルリアを除くサーバント三体が同時にレベルアップした。

光が収束したので二人をじっくりと見てみる。

「う〜ん。少しだけ成長したか？」

変化が微妙すぎてよく分からないが、見た目もほんの少しだけ成長した気がする。

ただ微妙すぎて見た目ではほとんど判断がつかないので早速ステータスを確認してみる。

種別　子爵級悪魔(ししゃくきゅうあくま)
ＮＡＭＥ　ルシェリア
ＬＶ４
ＨＰ　93→106
ＭＰ　159→180
ＢＰ　165→185
スキル
破滅(はめつ)の獄炎(ごくえん)
侵食(しんしょく)の息吹(いぶき)
暴食の美姫
黒翼(こくよく)の風　ＮＥＷ
装備　魔杖(まじょう)　トルギル　魔装　アゼドム

種別　ヴァルキリー
ＮＡＭＥ　シルフィー

LV4
HP　160→181
MP　118→130
BP　216→239
スキル
神の雷撃（らいげき）
鉄壁（てっぺき）の乙女（おとめ）
戦乙女の歌
エデンズゲート　NEW
装備　神槍（しんそう）　ラジュネイト　神鎧　レギネス

二人共ステータスの偏（かたよ）りはあるものの、それぞれが凄（すさ）まじい伸（の）びを示している。BPについては俺もかなり伸びてきたと思っていたが、比較にならない。

もはや人では追いつけないのではないかとも思えてきて、嬉（うれ）しい反面置いていかれるような微妙な感情を覚えてしまう。

そして二人共に新しいスキルが発現しているので確認する。

黒翼の風……瘴気を纏う魔界の風で相手を切り刻む。

獄炎に続く風系統の攻撃スキルのようだ。これは炎耐性のある敵にも有効に働きバリエーションが増えて確実に火力アップに繋がるだろう。

エデンズゲート……眷属を召喚することができる。召喚できる眷属の強さと数はスキル保持者のレベルに依存する。

おおおっ。エデンズゲートというスキル名から回復系のスキルか何かだろうと思っていたが、まさかの召喚スキルのようだ。シルの眷属というくらいだから天使か何かを喚び出せるのかもしれない。

このファンタジー感溢れる新しいスキルを早く見てみたい。

シル達のレベルアップが派手なのでおまけの様になってしまったが、俺もレベルアップを果たした。

悪魔討伐の恩恵で前回のレベルアップから一ヵ月経たずしてのレベルアップとなった。

高木（たかぎ）　海斗
ジョブ　アサシン
ＬＶ20↓21
ＨＰ　75↓79
ＭＰ　46↓50
ＢＰ　76↓80
スキル
スライムスレイヤー
ゴブリンスレイヤー（微）
神の祝福
ウォーターボール
苦痛耐性（微）
愚者（ぐしゃ）の一撃

今回のレベルアップでＢＰが80に到達（とうたつ）する事ができた。そして他のメンバーもヒカリン以外がレベルアップを果たした。ベルリアとヒカリンがレベルアップしなかったという事は、やはり戦闘への参加割合がかなり影響しているのだと思う。残念ながら意識を失っている間は戦闘に参加した事にならないのだろう。

あいりさんは俺同様スキルを発現する事はなかったようだが、今回のレベルアップでミクが新たなスキルを発現したようだ。

ファイアスターター……半径一メートル以内の任意の対象物に炎を付与できる。

これは所謂放火スキルか？

かなり対象物が至近に限定されているが使いようがあるのだろうか？

スキルは個人の特性が色濃く出る事が多いのでミクに適したスキルである可能性は高いと思うけど。

最後にスナッチも新たなスキルを身につけたようだ。

フラッシュボム……ＨＰの半分を使用して自らの身体を高速の光る弾と化して体当たり攻撃をかける事ができる。

何か凄いスキルだ。小型のスナッチには似つかわしくないような、必殺の一撃というか、自爆系スキルだ。

恐らく、火力不足を補うべく発現したスキルだとは思うがどう考えても頻繁に使うようなものでは無いのは分かる。

ともかくメンバーの大半がレベルアップを果たしたので戦力アップは間違いない。

レベルアップを果たした後に悪魔達が消え去った跡を確認すると魔核ではなく三つのドロップアイテムが残されていた。

流石は悪魔だ。

まず一つ目はフロストデーモンの所に目をやるとマジックオーブが落ちている。

色も青っぽいのでまず間違いなく氷に関する魔法だろう。

他のメンバーの了承も必要だが、前回何のマジックアイテムも渡す事のかなわなかった魔法少女ヒカリンに渡すべきアイテムだろう。

そしてドリームイーターのいた所には見慣れない黒色の小さな四角い石のようなものが落ちている。

あれはまさかスキルブロックではないだろうか？

今まで一度もドロップした事がない、レアアイテム。

マジックオーブと同じで手にとって壊すとスキルを習得できるというマジックアイテムだ。

ダンジョンマーケットのＶＩＰルーム以外では、余り見かけるものではないのでもちろん実物を見るのは初めてだ。

これは俺も使用してみたいが、順番からいってあいりさん用だろう。

そして最後に俺が倒したインプのいた所には指輪が残されていた。

当然悪魔のドロップアイテムなので普通の指輪ではないだろう。俺のリングのように何かに耐性があるのかもしれない。

体力も回復して落ち着いたので俺がマジックアイテムを回収して回る。

まずはマジックオーブを手にとってみるが、俺の時と同じような色なので『ウォーター』系でない事を祈ろう。

次にスキルブロックを拾って手に持った瞬間ブロックが消えて無くなってしまった。

「えっ⁉」

どういう事だ？　ブロックはどこへいったんだ？　素手で触ったのがまずかったのか？

「あの……みんな。マジックアイテムが消えちゃったんだけど」

「見てたわよ」

「じゃあどこにいったのか見えた？」

「一瞬(いっしゅん)でなくなったわね」

「海斗さんに吸収されたんじゃないのでしょうか？」

「いやだって俺、何もしてないけど」

「もしかしたら、最初から破損していたのかもしれないな。それで手に取った事で使用条件を満たしたんじゃないか？」

「そんな事あります？」

「ステータスを確認してみれば分かるんじゃない？」

確かにステータスを見れば俺が使用したのかすぐに分かる。

高木 海斗

ジョブ　アサシン

ＬＶ　21

ＨＰ　79

ＭＰ　50

ＢＰ　80
スキル
スライムスレイヤー
ゴブリンスレイヤー（微）
神の祝福
ウォーターボール
苦痛耐性（微）
愚者の一撃
ゲートキーパー　ＮＥＷ

あぁ、一番下に新しいスキルが発現している。やっぱり俺が使ってしまったらしい。

「すいません。俺が使っちゃったみたいです。あいりさんに使ってもらいたかったんですけど」

「それは別に構わないが、どんなスキルなんだ？」

「え～っとですね」

ゲートキーパー……ダンジョンで行った事のある階層の入り口まで出現させたゲート

により自由に移動する事ができる。

　これってやばいスキルじゃないのか？

　つまりダンジョンに常設の五階層毎のゲートとは別に自由に瞬間移動できるって事じゃないのか？

　こんなスキル聞いた事がないし、これって人に知られて大丈夫なのか？

「みんな、ちょっとまずいかも」

「どうかしたのか？」

「はい。俺の手に入れたスキル名は『ゲートキーパー』です。どうもゲートの力で行った事のある好きな階層の入り口に移動できるスキルみたいです」

「ダンジョンのゲートを自由に使えるようなものか？」

「それって凄くない？」

「ああ、使ってみないと分からないけど、多分凄いと思う」

「海斗さん、お気をつけて」

　ヒカリン何を不吉な事を言ってるんだ。

　ただこのスキルが公になるとまともな活動がし辛くなりそうだ。

　まあ、最悪このスキルだけでも食べていけそうな気がする。

ダンジョン内の運び屋的な仕事で、それなりに需要がある気もするので、新しいスキルを前向きに捉えておこう。

『ゲートキーパー』の説明を読む限り探索者なら誰しもが望んでやまない探索者垂涎のスキルだろう。

後で試してみようとは思うが、まずは手に入れたマジックオーブをヒカリンに渡そうと思う。

「みんなこのマジックオーブはヒカリンに使ってもらおうと思うんだけど」

「いいんじゃない」

「それが適切だろう」

了承が得られたので早速ヒカリンにオーブを渡して壊してもらう。

「どうだった？」

「はい、しっかり覚える事ができましたが、思ってた水系の魔法ではなく水系でした」

「水系だったのか」

「そうなのです」

俺の『ウォーターボール』然りで水系は攻撃力が乏しいので他の系統よりも外れのイメージが強い。

「もしかして『ウォーターボール』？」

「いえ、『ウォーターキューブ』でした」


ウォーターキューブ……任意の場所に水で出来たキューブを出現させる事ができる。


「うん、まあ俺の『ウォーターボール』でもなんとかなってるから、試しに使ってみる？」

「はい、やってみますね。『ウォーターキューブ』」

ヒカリンの詠唱と共に前方部分に一メートルほどの水の立方体が出現して空中で三十秒ほど留まってから地面に落ちた。

俺の『ウォーターボール』より遥かに水量は多いがそれだけだ。

窒息専用魔法？　いや、それでも相手が抜け出せば窒息には至らない気がする。

「どうでしょうか？」

「う、うん。いいんじゃないかな」

「どの辺がでしょうか」

「水が多いあたりとか」

「……」

これは完全にハズレだ。ハズレ魔法以外の何物でもない。

気まずい。俺のブレスレットを渡そうか。いや、でもそれだと『アイスサークル』になるだけか。

どうすればいい？

「せっかくだから色々試してみようか」

「色々って何を試せばいいのですか？」

「……ヒカリン、今日は疲れただろうから次潜った時に色々試そうか」

「……はい。わかったのです」

これは次潜る時までに何かを考えておかないといけない。

このままハズレ魔法のまま終わらせてしまえば、ヒカリンが不憫で仕方がない。

今のままではお風呂かプールの水汲み位にしか役に立たなさそうだ。

今日は疲れたのでもう帰るつもりだが、せっかくなので『ゲートキーパー』を使って帰ってみようと思う。

ただ不確定な事が多すぎるので慎重を期して十四階層の階段まで戻ってから使用してみることにした。

「それじゃあ、使ってみるよ。いくよ！　『ゲートキーパー』」

『ゲートキーパー』を使用した瞬間ステータスの様な表示が目の前に現れて、一〜十四階層までが選択できる様になっている。流石に一階層の入り口まで飛んでしまうと目立ちすぎるので二階層を選択して発動してみる。

発動の瞬間、超高速のエレベーターに乗った様な浮遊感と共に眼前の風景が切り替わり二階層と思しき場所に移動していた。

本当に移動できた。これは凄い。本当に凄いスキルだが問題があった。

俺一人で移動してしまった様で、他のメンバーが誰もいない。

「これはまずいな……」

慌ててもう一度『ゲートキーパー』を発動して十四階層まで戻るとみんなが待っていた。

「ごめん、一人で二階層に行ってしまったみたいだ」

「本当に行けたの？」

「うん、本当に行けたみたい。どうにかしてみんなで行ける方法ってないかな」

サーバント達はカードに戻せばどうにでもなるが、他の三人はどうすればいいだろうか。

「おんぶに抱っこすればいけるんじゃないのか？」

「お前じゃないんだから全員は無理だろ」

ルシェにいわれて一瞬ミクとヒカリンとあいりさんの三人をおんぶと抱っこする自分を

想像してみたが、どう考えてもおかしい。

普通に考えてこの『ゲートキーパー』では俺しか飛べないか、もしくは接触していないと一緒に飛べないかしかない。

「サーバントはカードに戻して、みんなで手を繋いでやってみようか」

今度は俺の左右にミクとヒカリンそして対面側にあいりさんの並びで『ゲートキーパー』を発動した。

「おおっ」

今度は左右にミクとヒカリンを伴った状態で飛ぶ事ができたが、あいりさんだけがいない。

あいりさんはミクとヒカリンとで手を繋いでいた。

俺と直接接触していないと一緒に飛べないという事か。

急いで十四階層に戻るとあいりさんがポツンと一人で立っていた。

「さすがにダンジョンに一人で残されては寂しかったぞ」

「すいません」

「冗談だ。気にするな」

今度はあいりさんにも俺の腕を掴んでもらって発動してみたが遂に四人で飛ぶ事ができ

た。

「やりましたね」

俺に直接接触している事が条件の様なので一度に大勢は難しいが一パーティ単位なら同時に移動が可能だろう。

それにしてもとんでもないスキルを手に入れてしまった。当面内緒(ないしょ)にしておこうと思うが、トラブルを避(さ)ける為(ため)にも、ばれた時の言い訳も考えておかなければならない。

第四章 因果の調べ

学校でお昼休みに弁当を食べながら、いつものように真司と隼人と話をしている。

「海斗、実はな、大事な話があるんだ」

「どうしたんだ？　まさかふられたのか？」

「いやそうじゃないって。ダンジョンの事なんだけどな」

「ああ、ダンジョンの事か。どうした？　行き詰まったのか？」

「そう。情けない話だけど完全に行き詰まった。それでパーティメンバーを増やす事にしたんだ」

「メンバーを？　二人とも懲りたんじゃなかったっけ」

「ああ、もちろん女の子は懲りた。だから男だけでメンバーを組む事にしたんだ」

隼人と真司が真剣な顔で話してくるから何事かと思ったらパーティ増員の話だった。

「どうしても二人だけだと十階層へ行くのは無理そうだから、ギルドで相談してな、同レベルの五人組のパーティに入れてもらう事にしたんだ」

「じゃあ全部で七人組になったって事か」

「そうなんだ。実は先週から組んでるんだけど、みんないい奴でうまくいってる」

「もう一緒に潜ってるのか？　なんで言ってくれなかったんだよ」

「またすぐに失敗したら恥ずかしいから、ちょっと様子を見てから伝えようと思ってたんだ」


　真司達の気持ちもよくわかる。確かに二人だけでこのまま進むのは無理があった気がするし、七人組だと俺達と一緒だ。俺たちの場合は、それに一匹多いが。

やはり、十階層より下に潜るにはこのぐらいの人数は最低必要になってくるのかもしれない。


「それでな、メンバーから聞いたんだけど探索者のグループが独自に運営している探索者のサークルみたいなのがあって、そこに参加するとダンジョンの情報を色々共有できるらしいんだ。ただ秘密保持契約を結ぶから詳しい内容は海斗にも言えないんだけど、出現するモンスターの種類や弱点とかマップとかの情報をもらえるんだそうだ」

「そんなの有るのか。俺もう四年近く潜ってるけど、そんなの聞いた事なかったな」

「会費が月に三万円と自分達の得た情報開示が義務付けられるからな」

「あ〜」

話を聞いてサークルなんて便利なものがあるなら是非俺も登録したいとは思ったが、条件的に俺には無理だ。

月に三万円は問題無いが、俺の情報開示は難しい。

サーバントの三人と装備やスキルの事を公表するのは流石に無理だ。

他のメンバーについても、今までの言動から積極的に他の探索者と交わる事を好んでいるとは思えないのでやはり難しい気がする。

「やっぱり俺は無理っぽいな。俺とサーバントの事は内緒で頼むな」

「まあ『黒い彗星』の事はみんな興味あるだろうけど勿論内緒にしとく」

「シルさんやルシェさんの事を俺らが売れるわけがないだろ」

「助かるよ。それと俺からアドバイスな。先週俺十四階層まで行ったんだけど、いきなり悪魔に襲われたんだ。しかも三体。二人も、もし悪魔と遭遇する事があったら何がなんでも逃げろ。俺はサーバントと他のメンバーがいたから何とかなったけど、冗談抜きでやばいから」

「悪魔って師匠みたいなのとやり合ったって事か？」

「下級悪魔だったけど今のベルリアより力は上だったと思う」

「まじか……」

「海斗よく無事だったな。どうやって逃げたんだ？」

「いや何とか倒せたんだ。だけど本当にギリギリだったよ」

「そうか。さすがだな」

「やっぱりダンジョンって悪魔がいるんだな。だけど悪魔に遭遇したって聞いた事ないな。もしかして海斗限定キャラとかなのか？」

「そんな訳ないだろ」

いったい俺限定キャラとは、なんなんだ。しかも悪魔が俺限定とかは嫌すぎる。ベルリアと合わせてまだ二回遭遇したに過ぎないので、あくまでもたまたまだ。

二度有る事は三度有るという。出来れば三度目は無い方が嬉しいが、おかげでレアアイテムが手に入っているので文句は言えない。

レアアイテムといえばインプの残したリングは鑑定の結果俺の持っているレジストリングとは違い魔法使用時にMP消費量を十パーセント節約してくれるリングだったので、一番魔法使用頻度の高いヒカリンが使う事になった。

今回オーブとリングをヒカリンに渡したので今後不公平感なく探索を進めていけそうだ。

真司たちと別れ放課後はいつものようにダンジョンの一階層へと向かいスライムを狩る。

ゴブリンスレイヤー（微）を手に入れた今二階層で魔核収集をしてもいいのだが、やはり三年間慣れしたしんだ一階層は捨てがたい。

「シル、ちょっといいかな」

「はい、なんでしょうか」

「真司と隼人と話してて、探索者のネットワークみたいなのが有るそうなんだけど、悪魔に遭遇した探索者なんか今まで俺以外で聞いた事がないって言ってるんだ。俺ってもう既に四体と遭遇してるだろ。ルシェも入れると五体だから、何か俺だけ多い気がして」

「そうですね。ご主人様は因果の調べというのをご存じでしょうか？」

「因果の調べ？」

「はい。全ての事象には元となる原因理由があるという事です」

学校での会話が気になって、ほんの軽い気持ちでシルに相談を持ちかけたが、シルの口から予想外に難しい言葉が出てきた。

「まあそう言われればそうかも」

「つまりはご主人様が他の探索者に比べて悪魔に出会う回数が多いのも偶然ではあり得ないという事です」

「それって、何か原因があるって事か」

「はい。悪魔との遭遇だけではありません。私やルシェがご主人様と出逢ったのも偶然ではありません」

「ちょっと待ってくれ。俺が悪魔に出会うのもシル達に出逢ったのも原因があるってことか」

「はい。ご主人様は、パーティの中でも他の方達よりも明らかに攻撃を受けやすいですよね。そしてパーティを組む前から私達やイレギュラー達と遭遇していますよね。そしてそれはパーティを組んだ今も続いています」

「……」

このシルの口ぶりはまるで原因が俺であるかのような言い方だ。

攻撃を受けやすいのも悪魔に頻繁に出会うのも俺のせい？

そんなバカな……。

「シル、いくらなんでも俺が原因で悪魔と会うなんてことはないよな」

「いえ、間違いなくご主人様に起因していると思います。ベルリアも含めると三人ものサーバント、そして複数の悪魔やイレギュラーとの遭遇、ひいては手に入れられたスキルやアイテムの数々。偶然であろうはずがありません」

「そんなことってあるのか？　俺が根っからの不幸体質ってことか？」

「そうではありません。ご主人様は試されているのです」

「試されている？」

「そうです」

「いったい誰(だれ)に試されているって言うんだ？」

「もちろんダンジョンを形作った創世の神にです」

「ちょっと待ってくれ」

いきなりシルからとんでもない言葉が飛び出してきた。

ダンジョンを形作った創世の神⁉

ダンジョンって神様が作ったのか？

それも創世神⁉

「シル、ひとついいか？　ダンジョンって神様が作ったのか？」

「そうです。創世の神が作ったものです」

「それってシルの仲間ってこと？」

「いえ、私はただの半神ですので、創世の神とはつながりはありません」

「だけど今までそんなこと一言も言ってなかっただろう」

「この世界では私の思い通りにならないことも多く、今まで口にすることがかないませんでした。今、この時が告げるべきタイミングとなりました。申し訳ありません」

「いや、シルが謝るようなことじゃないけど」

衝撃の事実だ。いきなり世界に現れたダンジョンが神様によって作られたものだったとは。

当然世の中にはシル以外にもゴッズカードは存在しているので世の中の偉い人達はこのことを知っているのかもしれない。

「シル、ダンジョンが神に作られたのはわかったんだけど、俺が神様に試されてるっていう意味が分からないんだけど」

「私やルシェがご主人様の下にあるのも偶然ではありません。ご主人様が試練を乗り越えるための盾であり剣となるためにいるのですよ」

「いったい何のための試練なんだ？」

「それはわかりません。試練の先にご主人様が何かをなすのかも知れません。ただしご主人様と私達は同じ因果の調べの中にいるという事です。何があっても一緒ですよ。ねえルシェ」

シルは試練の先に何かがあるかもしれないが、それは何か分からないという。

まるで謎かけのような内容だ。

「ふん、前にも言っただろ。そんなの分かりきってるだろ」

悪魔との因果関係が俺に有ると言われて結構ショックだが今二人がさらっと感動的な事を言ってくれた気がする。

「二人はずっと一緒にいてくれるのか？」

「はい、ご主人様のサーバントですから」

「一応家族だからな」

幼女二人に涙腺を破壊されそうになるが『アサシン』の効果を発動して心を鎮めどうにか食い止める。

「それじゃあ末吉のせいじゃないのか。本当に俺のせいだとしたら他のメンバーにも相談しないと。もしかしたらまた俺達だけで潜らないといけないかもな」

「マイロード、私もいますのでお忘れなく」

「ああ、分かってるよ。四人いればなんとかなるか。それにしても俺って将来一体何をするんだろうな。ダンジョンを踏破したりするのかな」

「その可能性はありますね」

「もしかしたら英雄になれるかもしれません」

「英雄って言うよりモブ神様の使徒になれるかもな」

「モブ神様？　一体どこでそんな変な言葉覚えたんだよ」

「この前ヒカリンにモブについて詳しく習ったんだ。海斗はモブオブモブズだろ。それでモブの神様がモブ神様だ！」

ヒカリン、ルシェ達と仲が良くなるのは良いが一体何を教えているんだ。モブオブモブズって何なんだ。

それにダンジョンでモブについての講習を開くってどんな状況だ。

しかもモブ神様？　そんなの聞いた事がないぞ。ゲームか何かのキャラか？

将来、苦労してモブ神様使徒になる？

それが運命だとしても絶対にそんな未来は回避してみせる。

俺は今パーティメンバーとお茶をしている。

こうしてダンジョン以外の場所でメンバーと食事するのは初めてだ。

「ところで、大事な話って何？」

「まあ、そう焦らずにゆっくり飲んでよ。俺の奢りだから」

メンバー全員を呼び出したものの切り出し辛い。

メンバーが離れてしまう覚悟は昨日のうちに出来ているが、いざとなると言葉が出ない。

「海斗さん、遂にふられたのですか？」

「いや違うよ」

ヒカリンが的外れな事を聞いてくる。

この微妙な空気が辛いので思い切って切り出してみる。

「みんな因果の調べって知ってる？」

「なんとなく意味はわかるが突然だな。それがどうかしたのか？」

「昨日ダンジョンに潜ってる時にシルと話してたんだけど、因果の調べっていう言葉が出てきて」

「それって運命論的な話？」

「う～ん。運命というか、この前も悪魔に襲われただろ。それで真司達に聞いたんだけど探索者のサークルみたいなネットワークがあって、他の探索者で悪魔に遭遇したっていうのを聞いた事はないって」

「まあ、悪魔に襲われるのなんか私も余り聞いた事はないけど」

「そう、それで気になってシルに聞いてみたんだけど、物事には原因があって今回の原因は俺だって言われたんだ」

遂に本題を切り出す事ができた。

「海斗が原因？　どういう事よ」

「海斗、さすがにそれはないんじゃないか？」

「俺が悪魔とかイレギュラーを引き寄せてるっていうか、俺にもよく分からないですけど、将来何か起こるのかも知れないそうです」

「何かって何なのですか？」

「シルにもそれはわからないらしいんだけど、ルシェは俺が将来モブ神様の使徒になるんじゃないかって」

「モブ神様の使徒……」

俺がそう答えた瞬間にみんなの視線がヒカリンに集中して、ヒカリンが気まずそうに俺から視線を逸らした。

「あ、あれは、ほんの冗談なのです。海斗さんの事で盛り上がってつい……」

俺の事で盛り上がってモブ神様……いったいどんな会話だったんだ。

「正直、使徒になる事はないと思うけど、簡単に言うと俺が将来何かなすために、シルとかルシェが一緒にいて、試されてるかなんかでイレギュラーや悪魔にも遭遇する頻度が高くなっているという話らしい」

「そんな事あるの？　偶然じゃ無いの？　終わってみての結果論じゃ無い？　悪魔を引き寄せるってどんな体質なのよ。それに試されてるって何？」

「そう言われても俺も別に身体（からだ）に星が刻まれたりしたわけでもないし実感は何もないんだけど。ダンジョンを作った創世の神に試されてるらしい」

「ダンジョンを作った創世の神？　そんな話聞いた事がないぞ。それに仮に海斗がそういう特異体質だったとしてどうするつもりなんだ」

「いや、それなんですけど、俺は今まで通りダンジョンに潜る事はやめれないけど、みんなはそうじゃないから。俺が巻き込（こ）んでるんだとしたら他の選択肢（せんたくし）もあるんじゃないかと思って」

「他の選択肢ってどういう意味なのです？」

「いや、だから俺と一緒にいるとこれからも悪魔とかに会いやすくなるかもしれないだろ。それなら俺がいなければみんなは大丈夫なんじゃないかと思うんだ」

「それって海斗がパーティ抜けるっていう事？　海斗は抜けたいの？」

「抜けたくはないけどみんなに迷惑（めいわく）はかけられない」

　俺だって折角（せっかく）ここまでこのメンバーでやってきたんだから抜けたくなんかない。だけど悪魔やイレギュラーと出会いやすい原因が俺に有るとすれば俺が抜ける以外に選択肢はないように思える。

「ちょっといい？」

ミクが他の二人と席を移動して話し込み始めた。

結構長い事話している。今後どうするか相談しているのだろう。前衛が一人抜けるのだから、代わりを見つける必要があるしすぐには決めれないのかもしれない。

十分ほど待っていると三人が戻ってきた。

「いくつか確認させて」

「はいどうぞ」

「海斗はこれからもダンジョンに潜るのよね」

「はい」

「パーティを抜けたくて言ってるんじゃないのよね」

「はい、違います」

「悪魔とかを呼び込んで私達に迷惑がかかるのを恐れて言ってるのよね」

「そうです」

「そう……」

遂にパーティ解散の時がきてしまったか。パーティを組んだこの半年ぐらい本当に楽しかったな。本当はもう少しこのメンバーで続けたかった。

三人での話し合いが終わり、ついに最後通告の時がきた。

「海斗、もうひとついいかしら？　シル様は因果の調べと言われたのよね。物事には原因があって、海斗が将来なす事のためにシル様やルシェ様がついてるって」

「そうだけど、それがどうかしたのか？」

「やっぱり海斗はバカなのね」

「バカって急になにを」

「だってそうでしょ。海斗、因果の調べというなら私達三人が海斗とパーティを組んでいる事にも意味があるって事でしょ。シル様達がいるのと同様に私達三人がパーティメンバーとしている事も因果の調べの中に含まれてるんじゃない？」

ミクに言われて初めて気がついたが、ミクの言っている事には説得力がある。

シル達がいるのが偶然ではないのだとしたら、ミク達がいるのも偶然とは言えないのかもしれない。

俺は自分に原因があると言われてそこまで頭が回らなかった。

みんなに迷惑をかけないようにとだけ頭が働いて、今のメンバーも既に因果の調べの中に含まれているという可能性には一切思い至らなかった。

「だけど、この前の悪魔もそうだけど危険度が増すかもしれないだろ」

「私達三人の話した結論。今まで通りパーティを組んで潜りましょう」

「いや、でも」

「私達も海斗とそれなりの時間を過ごしてきたつもりだけど。因果の調べと聞かされて、じゃあサヨウナラとはならない程度には絆があると思ってたんだけどな」

「そうですよ。海斗さんもですけど、わたしはシル様とルシェ様とお別れする事など出来ないのですよ」

「お二人と会えないなど考えられないな。まあ海斗もな」

「みんな……」

完全に思ってたのとは違う答えが返ってきてやられてしまった。

確かにダンジョンでも助け合ってそれなりに絆も構築できているとは感じていたが、みんながこんなに心強いと思えた事はなかった。

「……う、うっ」

やばい、涙腺が……。

今までも何度か涙腺を刺激する出来事はあったが、今回は流石にやばい。奥歯を食いしばって、涙腺にゲートをしようとしたが、今回のウェーブはあっさりとゲートを破壊してしまった。

不覚にもオーバーフローした涙が溢れ出してしまった。

「なによ、このくらいの事で泣かないでよ。それにしても私達がそんなに薄情だと思われてた事に軽くショックを受けたわ」

「そうですよ。逆の立場だったら海斗さんはわたし達を捨てて逃げ出してましたか？」

「う、ううっ……」

返す言葉がない。全くそんなつもりは無かったが、俺のみんなへの信頼が足りなかったのかもしれない。

俺のみんなへの気持ちはベクトルが違ったようで、結構な覚悟で臨んだつもりだが、杞憂に終わってしまった。

またこれから気持ちを新たに探索を進めていきたいが、まずは十四階層を攻略する事に集中したい。ただ問題は悪魔対策だろう。

シルの言葉を信じるなら今後も悪魔と遭遇する可能性は高いだろうから、何かしらの対策は必須だ。

もちろん将来の為に貯金したい気持ちもあるが、まだ見ぬ未来よりも俺を含めたメンバーの今が一番大事だ。

既に進学の為の学費は確保しているので、これからは積極的に装備品やアイテムに投資していこうと思う。

今後の装備等の強化については、他のメンバーも同意してくれたので進めていきたい。

後は、今回のレベルアップで手に入れたスキルや魔法の検証が必要なので、来週の土曜日に集まる約束をして解散をした。

今週末は久しぶりに春香と映画を見に行く予定にしているので、せっかくだから装備品の補充にも付き合ってもらおうと思う。

メンバー同様、春香とも買い物友達としての絆は一歩ずつ深まっていっていると信じたいが、いつかそこから先に進んでいきたい。

心の重しも取れ、待ちに待った週末がやってきたので春香との約束通り『ラビリンスラプソディ』を二人で見ている。

ラビリンスとは迷宮つまりはダンジョンをモチーフとした映画だ。

現実のダンジョンと比較して、やたらとピンチになったり、強敵が次から次へと出てきたりと気になる部分ももちろんあったが、それ以上に感情移入して、主人公達がラスボスを倒して財宝を手に入れた時には自分が達成したかのような妙な感情に支配された。

「春香、面白かったな～。ちょっと興奮しちゃったよ」

「うん面白かったね。海斗の潜ってるダンジョンって実際もあんな感じなの？」

「いや〜、あんなにテンポ良くはいかないし、そんなに御都合主義みたいに上手く進まないよ」

「そうなんだね」

「映画は二時間だけど、何しろ俺一階層で三年も燻ってたんだから」

「海斗はすごいよ。よく頑張ってるね」

「まあ今は結構うまくいってるから」

久々の映画を見終わってからフードコートでお昼ご飯を食べる事にした。

今日は二人で大手チェーンのハンバーガーのセットを食べる事にして席に着いた。

対面で座ったのだが、なぜか春香からじっと見つめられている。

見つめられているが、俺の顔を見ているわけではなさそうだ。

何だ？　俺に何かついてるのか？

「春香、どうかしたのか？」

「う、うん。その指輪似合ってるね」

「指輪？」

「その薬指の指輪だよ」

春香に言われて気がついたが俺の左手の薬指には気絶をレジストするマジックリングが

はめたままになっていた。

普段は外している事が多いのだが昨日潜ってから外し忘れてずっとつけていたようだ。

「ああ、これマジックリングなんだ。気絶をレジストしてくれるんだ」

「もしかして誰かにもらったの？」

一瞬寒気がした様な気がするが気のせいだろう。

「いやいや、こんな高額なの誰もくれないよ。自分で買ったんだよ」

「そうなんだ。綺麗な指輪だね」

「そうかな」

これはあれだろうか？　春香も指輪が欲しいという事だろうか？　それとも単純にこのレジストリングが好みだったただけなのか。これはダイレクトに聞いたほうがいいのか？　誰か教えてくれ〜。

「は、春香は、普段指輪とかしたりするの？」

「う〜ん、あんまりつける機会はないけど、やっぱり憧れるよね」

憧れるというのは指輪をつけるのに憧れるという意味か？　それとも指輪を贈ってもらう事に憧れるという意味なのか？

これは思い切ってプレゼントした方がいいのか、それとも友達の分際で指輪を贈るなどやばい奴として認定されてしまうのか？

「…………………」

今の俺の頭の中は並列思考及び超高速思考をリアルで体現しているが、どんなに考えても答えが出ない。

答えは出ないが、極限まで使用された俺の脳が突然奇跡的な事を思い出してしまった。

「海斗、どうかしたの？」

「あ、まあ、春香は指輪とか興味あるの？」

「それは、私も女の子だからもちろんあるよ」

「そうか……。よかったら俺がプレゼントしようか？」

「えっ？」

「ホワイトデーのプレゼントだよ。トリュフのお返しに春香さえよかったらプレゼントで指輪を贈るけど。も、もちろん変な意味はないよ」

「別に買って欲しくて見てたわけじゃないんだけどな……」

「あ、それはそうだよね。ごめん。変な意味じゃないから、忘れてよ」

「えっ……」

あ……やばい。春香の表情を見る限り俺の対応はまずかったらしい。極限まで冴え渡った俺の脳が瞬時に正解を導き出す。

「いや、やっぱり贈らせてよ。ちょっと早いけど、こういうのは気持ちだから」

「そう……。じゃあお願いします」

勢いで贈る事にはなってしまったが、以前ブレスレットでさえ選ぶのに苦労したのに指輪なんかどうやって選べばいいんだ。

俺のマジックリングが五十万円だから同じぐらいのものを選べばいいのか？

デザインも同じ様なのがいいのか？

いや、やっぱり春香に選んでもらった方がいいのだろうか。

俺の脳は既にオーバーヒートしていたようで、この日これ以上の性能を発揮する事はなかった。

ハンバーガーセットを食べ終えて前回ブレスレットを購入したお店にきてみたが、ちょっとした問題が発生してしまった。

店員さんが俺達の事を覚えていてくれて、色々と薦めてくれるのだが値段が思ったよりも安い。

大体三～五万円ぐらいのものを薦めてくれるのだが、俺のリングが五十万円した事を考えるとあまり安いのを春香に贈るのも憚られてしまう。

俺のマジックリングは銀色のリングに赤い小さな石がはまっている。

ダイアモンドが圧倒的(あっとうてき)に一番人気らしいが、春香が俺のリングと同じ色がいいと言うのでルビーの中から選ぶことになった。ただルビーの人気はそれほどでもないそうで、そこまで種類がある訳でもなく値段も抑(おさ)えめのものが多い印象だ。

「海斗、これとかどうかな？」

「う〜ん、もちろん似合ってるしいいと思うんだけど……」

「どうしたの？　あっ、もっと安いのにするね。ごめんね」

「え？　ああ、そうじゃないんだ。もっと高い方がいいんじゃないかと思って」

「もっと高いってこのリングでも一万五千円もしてるんだよ。十分だよ」

春香の反応を見ていると本気で言っているようにしか見えない。

俺のリングが五十万もしたものだから、指輪に対する値段の感覚がおかしくなっているのかもしれない。

心配になった俺は、春香がいくつかの指輪を見比べている隙(すき)に店員さんにこっそり五十万円レベルの指輪を見せてもらった。

俺は完全に間違(まちが)えていた。五十万円の指輪は結構大きなダイアの婚約(こんやく)指輪みたいなのばかりだった。

これをプレゼントは無理だ。完全に引かれてしまう。

やばい……俺の貴金属に対する金銭感覚がダンジョンマーケットのせいで完全におかしくなっている。

「海斗、これ海斗のとよく似た感じでいいと思うんだけど」

春香が選んだ指輪は確かに俺のリングと良く似ている。

「きっとお似合いだと思いますよ。せっかくですから彼氏さんも彼女さんの指にはめてみてあげてください」

盛大に勘違いした店員がしきりに俺に指輪をはめろと圧をかけてくるので、勢いに押されて春香の指にはめてみる事にする。

「あ〜お似合いです。お二人お揃いのようですし、最高のペアリングですよ」

彼氏ではないのでペアリングではないのだが、確かに春香にはよく似合っている。というより春香はどれをつけても似合っている。

俺が指輪をはめた春香の手に魅入っているとなぜかじ〜っと春香がこちらを見つめてくる。

「うん、いいと思う。似合ってると思う」

声をかけると春香が華が咲いたような笑顔を俺に向けてくれるが、やはり視線が気になる。

春香にそんなに見つめられると照れてしまう。何だ？　やっぱり俺に何かがついてるのか？

「どうかした？　お金は大丈夫だから」

「ううん、なんでもない。ありがとう。大事にするからね」

気に入ってくれたようでブレスレットの時以上に喜んでくれているように見えるが値段はブレスレットよりも安い一万二千円だった。

あの手作りトリュフの感動は一万二千円をはるかに凌駕していたがとにかく良かった。

「よろしければ、そのままはめて帰られますか？」

「はいっ、お願いします！」

春香はよっぽど気に入ってくれたのかそのままつけて帰るようだ。

お店の人も勘違いしているせいか、温かく見守るような目でにこやかに見てくる。

ちょっと気恥ずかしいが、とにかくバレンタインデーのお返しを忘れず渡すことが出来てよかった。

俺とお揃いというのも少し気が引けるが、春香の左手の薬指に指輪がはまっており抜群に可愛い。

いつの日か五十万円の指輪を贈れるといいなと、妄想に駆られてしまいながらお店を後にした。

無事にバレンタインデーのお返しをする事は出来たが、もともと春香の春用の服を買うのが目的だったので買い物を続ける。

「その指輪お揃いなんですね。かわいいですよね～」

服屋の店員さんが春香に声をかけてくるが、いきなりさっき買ったばかりの指輪を褒めてきた。

流石は服屋の店員さん。お洒落に敏感なのか指のリングまで見ているとは凄いな。

「そうなんです。さっき買ってもらったばっかりなんです」

「あ～いいですね。ラブラブじゃないですか～」

「そうですね～」

やはり、店員さんも盛大に勘違いをしているようだが、春香もいちいち否定するのも面倒なのか適当にスルーしている。

「春服を探してるんです」

「そうですね。それじゃあ、その指輪にも合いそうな春服を探してみますね～」

しばらく春香とやり取りをしながら店員さんが持ってきたのは、水色のパンツに白のト

ップスと花柄のワンピースだ。

花柄の花の部分が赤色なので指輪を意識したのかもしれない。

「じゃあ、ちょっと待っててね」

春香が試着室に入って着替えるのを待つ為に俺は店内で待つ事にした。

春香の着替えた姿を見られるのは嬉しいが、この時間は正直辛い。

男一人で女性用の服のお店にいるのは場違いな感じだ。

「本当に可愛い彼女さんですね～。お揃いの指輪を買ってあげるなんて彼氏さんもなかなかやりますね～」

「いや、俺は彼氏じゃ……」

「えっ？　またまた～」

「いや、本当に」

「え……まさか、あんな可愛い子を遊びで……」

途端店員さんの態度がおかしくなった。まるで汚物でも見るかのような冷たい目だ。

やばい。俺また何か間違えた。

「いやいや違います。誤解です。遊びだなんてあり得ませんよ。友達です。しかも一方的に俺が好意を持っていて……」

店員さんのあまりの視線に焦ってしまい、言い訳じみた余計な事まで口走ってしまった。

俺の申し開きを聞いた瞬間、店員さんの目がまた変化した。

今度は、なんだろう？　生暖かいような、呆れているような何とも言えない目だ。

「余計なお世話かもしれませんが、人生の先輩としてお姉さんからアドバイスです。貢いで貰いたい系の女の子以外は、ただの友達からお揃いの指輪を貰ってあんなに嬉しそうにはしませんよ。しかもねえ、左手のねえ…」

店員のお姉さんが喋っていると着替えた春香が出てきた。

「どうかな？　似合ってないかな？」

そこにはパステルカラーのパンツルックの春香が立っていた。

学校はスカートで普段のお買い物でもスカートかワンピース姿しか見た事がなかったので新鮮だ。

一言で表すと『いい』。

まさに春色の天使だ。

「あ、ああ。いいと思う」

「あんまり、こういう格好しないから大丈夫かな」

「大丈夫とかじゃない。すごくいいと思う」

俺の言葉に安心したのか笑顔を見せてくれる。

まさに春の香りがしてきそうだ。

そうか春香の名前そのものじゃないか。

きっと春香の名前はこういうのをイメージしてつけられたのかもしれない。

「それじゃあワンピースも着てみるね」

また春香が着替え室に戻っていった。

「やっぱり彼女さん可愛いですね。笑顔が素敵ですし服もよく似合ってます」

「そうですね」

ここでまた否定をすると余計ややこしくなりそうなので、そのまま返事をする。

春香が着替えている間店員さんは、なぜか俺に女心とは何かについてを語り始めてしまった。

他にもお客さんがいるので相手をしなくていいのか心配になってしまったが、店員さんがなぜかヒートアップしていろいろと教えてくれた。

「お待たせ。どうでしょう？」

花柄のワンピースから再び春の風と香りがこちらまで届いたような錯覚を覚える。

さっき着ていた服もよく似合っていたが、このワンピースもよく似合っている。

春の妖精が舞い降りたようだ。

「うん、いいと思う」

「さっきの服とどっちがいいかな？」

「う～ん、どっちもいいと思う」

「両方買うのはちょっと無理だから、どっちかなんだけど」

なんだこの究極の選択は。どっちもいいのにどちらかをやめろとは……。

いっその事、片方は俺が買ってしまおうかとも頭をよぎったが、春香の性格からして指輪と両方は受け取ってくれない気がする。

う～ん。先程のパンツルックを脳裏に浮かべ目の前の妖精に重ねる。

どちらも捨てがたい。だがレア度という点でパンツルックに軍配が上がる気がする。

「さっきのパンツルックの方がいいんじゃないかな。春香にぴったりだと思う」

「うん。じゃあそれにするね」

春香が店員さんに先程の服を渡して着替えに戻った。

「彼氏さん、センスいいですね。彼女さんにぴったりですよ。彼女さんも似合ってるって言われて笑顔が溢れてましたね。お姉さんが女心を教えたかいがありました」

俺に服のセンスがあるとは思えないが、春香にぴったりの服が見つかってよかった。

もう少ししたらあったかくなるので、今日買った服をまた見られると思うと自然と俺のテンションが上がってしまう。

早く春になるといいな。春が待ち遠しい。

バレンタインデーのお返しを無事に渡せた翌日、今度は俺の買い物に付き合ってもらっている。

いつものように駅で待ち合わせをするが、先に春香がついていたようだ。

「おはよう」

軽く手を挙げて声をかけたが、なぜか春香の視線が俺の目ではなく手に集中している気がする。

「どうかした？」

「ううん、今日は指輪してないんだなと思って」

「ああ、昨日は、外し忘れただけで、マジックアイテムだから基本ダンジョンでしかつけないんだ」

「そうなんだ」

一瞬春香の表情が曇った気がするが、俺は特に何もしていないので気のせいだろう。

指輪といわれて気がついたが春香は昨日の指輪をそのままつけてくれていた。

気に入ってくれたようだ。それに昨日は気がつかなかったが前にプレゼントしたブレスレットも右手首につけてくれている。

どちらも本当に良く似合っているので贈った甲斐があったというものだ。

「それじゃあ、ダンジョンマーケットに行こうか」

「今日は何を買うの？」

「この前一緒に見たショットガンを考えているんだけど」

「まさかあの三百五十万円の!?」

春香の驚きも仕方がない。流石に三百五十万円有れば外車が買えそうだ。普通の高校生が買える金額じゃないもんな。

「そう。値段が値段だから迷ったんだけど、ちょっと状況が変わってしまったんだ。どうしても装備をバージョンアップしたくて」

「お金は大丈夫？」

「それは大丈夫。大学の学費もしっかり貯めれたし問題ないよ」

「そう。大学はお金だけじゃなくて受からないと入れないから頑張ろうね」

「ああ、絶対に王華学院に受かってみせるよ」

俺がそう宣言すると春香が満面の笑みを浮かべてくれた。

少なくとも一緒の大学に行く事を嫌がられていない事だけは間違いない。

やはり命に代えても王華学院に合格しなくてはならないと心に決めた瞬間だった。

それからダンジョンマーケットにあるいつものおっさんの店へと向かった。

「お～坊主。今日はいつもの別嬪な彼女と一緒か。いろいろと忙しい事だな」

「あ～武器を見せてもらって良いですか？」

おっさんの言葉に悪意を感じる。

「武器？　魔剣は持ってるんだろ。他に欲しいもんなんかあんのか？」

「この前見せてもらったショットガンあったじゃないですか」

「あ～あれか。ちょっと待ってろ」

おっさんが奥に下がってから銃を三つ持ってきた。

二つは見覚えがある。

前に見せてもらったショットガンとランチャーだ。もう一つは見た事がないが、なんか形が格好いい。

「これは何の銃ですか？　こんな形の銃見た事ないですよ」

「お～やっぱり興味を示したな。これはな聞いて驚けよ、浪漫武器だ！」

「は？」

おっさんがおかしくなった。いや俺の耳がおかしくなった。何か今浪漫武器と聞こえた気がする。

浪漫武器？　意味が分からない。

「だから浪漫武器だって言ってるだろ～が」

やはり浪漫武器であってるらしい。

「浪漫武器ってなんですか？」

「まず見た目だ。ファンタジーな感じでカッコいいだろ！」

「まあ」

「次にこの銃だが燃費がすこぶる悪い」

「え……」

「そして魔法が使える奴しか扱えない」

「そんな事あるんですか？」

おっさん、この銃のデメリット以外喋ってない気がするが売る気あるのか？

「お兄さん、この銃って良いところあるんですか？」

「おう、嬢ちゃん鋭いな」

いや誰でも感じる疑問だろ。

「まず発動時のエフェクトがイケてんだ！　魔法属性毎のオーラと魔法陣が発現して発光すんだ。スゲ～だろ」

「はい。すごいんですよね？」

「そしてこの銃はな、バレットと魔核と魔法を消費して撃ち出すんだ。まさにトリプルアタックだ！　スゲ～だろ」

「すごいですか？」

「お～よ。三つを一気に消費する代わりに威力は格段に跳ね上がるんだぜ。最高～だろ」

「まあ威力が上がるのは良いですよね」

要はおっさんの言ってる事を要約すると、魔核、魔法、バレットの三つを消費する代わりに威力が上がった銃という事だろう。

浪漫武器と聞いてなんて馬鹿な名前なんだとは思ったが、聞いてみると悪くない気がする。

俺はおっさんの雑な話を聞いてもう少し詳しく聞いてみたくなった。

浪漫武器を目の前にして予想外に惹かれている自分がいる。

「あの～。魔法ってなんの魔法でもいいんですか？」

「おお、攻撃魔法だったら何でもいいぜ。に～ちゃん魔法は使えんのか？」

「一応使えるんですけど、水系というか氷系というか」

「水系はお勧めできね～な。強力な水鉄砲になっちまうだろ。氷系なら有りだと思うがな」

氷系という事はやはりブレスレットの力を借りる必要があるがそれでいけるのか？

「魔道具とかで魔法の代用って出来るんですか？」

「まあ一応この銃も魔道具みたいなもんだからな。親和性は高いと思うがやった事はないな」

「この銃って結構一般的なんですか？」

「いや、全く一般的じゃないな。俺も見たのはこれ一つだけだ」

「そうなんですね。ちなみに値段っていくらなんですか？」

「そうだな、まあ使い手を選ぶしピーキーだからな、本来六百万ぐらいもらいたい所だが。四百五十万って所か」

四百五十万か。話に聞く性能にしては安い気もする。出して出せない事はないが予算は完全にオーバーしてるな。

「海斗ちょっといい？」

「うん、何？」

春香に呼ばれて一旦後ろへと下がる。

「多分あの銃が気に入ったんだよね」

「まあ、そうだけど」

「でも予算より高いよね。それと話を聞いてると海斗が使えるかどうかよく分からないように聞こえたんだけど」

「う～んそうなんだよな。俺の魔法で発動してくれるか不安なんだよな」

「それでも欲しいの？」

「出来たら欲しいかなぁ」

「分かった。私頑張ってみるね」

決意の表情の春香がおっさんに向かっていった。

「お兄さん、この浪漫武器ってあんまり売れそうじゃないですよね」

「失礼な。お嬢ちゃん、そんな事はないぞ」

「使える人も限られて、燃費も悪いですよね」

「まあそうだが」

「それで相談なんですけど、安く売ってもらえませんか？　単刀直入に言いますね。実は予算が三百万円なんです」

「おいおい、お姉ちゃん。そりゃ無茶(むちゃ)だろ。百五十万たんね～じゃね～か」

「でも、もしかしたらこんな特殊な武器他に買う人がいないかもしれませんよ。誰も買わなかったら三百万円のマイナスですよ」

「お嬢ちゃん容赦ね〜な」

「それともう一つ。魔法が使えないとだめなんですよね。買って使えないじゃ困るので一週間だけ頭金三十万円払うので貸してもらえませんか？　もし使えない場合も頭金はレンタル料としてそのままお支払いします」

「お嬢ちゃんさすがだな〜。頭金の話はそれでいいが値段が無理だな。四百万でど〜だ！」

「う〜ん。じゃあ頭金五十万と後払い三百万円でどうですか？」

「分かったよ。お嬢ちゃんには負けたよ。それでいいぜ」

「ありがとうございます。さすがお兄さん太っ腹！」

なんだこの攻防戦は。春香凄いな。俺の予算通りに収まってしまった。

「それじゃあ、一応預かり書を書いてもらうぜ」

「はい、わかりました」

とりあえず一週間借りられる事になったので、さっそく明日から使ってみないといけない。

「海斗ごめんね。勝手に頭金五十万円も払う事になっちゃって」

「いやいや、春香のおかげでお試(ため)し期間を貰えたし、百万円も安くなったんだから大感謝だよ」

「それならよかった」

やはり春香は俺にとって勝手に幸運の女神(めがみ)だ。

おっさんから魔法銃(まほうじゅう)を受け取ってみると魔核銃(まかくじゅう)よりは随分(ずいぶん)大きい。

片手銃には違(ちが)いないが左手だけで撃つのは難しそうなので右手で撃つ必要がありそうだ。

となるとバルザードを左手か。

「すいません。この銃って名前が浪漫武器なんですか?」

「は~?　何言ってんだ。そんなわけね~だろ」

おっさん、自分が浪漫武器だって言ったんだろ!

「この銃はな、その名も『ドラグナー』だ。スゲ~だろ」

何が凄いのかよく分からないが名前は、なんだか竜(りゅう)ぽくって格好いい。

こうして俺は春香のサポートもあって浪漫武器　魔法銃ドラグナーを手に入れる事が出来たのであとは使ってみるだけだ。

その後、消耗品(しょうもうひん)を補充して春香と別れた。

「本当に今日は助かったよ。ありがとう」

「お役に立ててよかったよ。指輪のお礼にはならないけど」

「いやいや、春香ときてよかった」

春香と別れてから夜まではまだ時間があったので、俺はダンジョンへと向かう事にした。

それにしても、さすがは浪漫武器。フォルムがいかにも魔法武器っぽくて格好いい。ドラグナーを使って戦う自分を想像するとテンションが上がる。

さっそくドラグナーを使ってみたくてダンジョンの二階層へと急いだ。

まだ使い慣れていない『ゲートキーパー』も一緒に検証したい。

「ご主人様、ゴブリンです」

眼前にゴブリンが現れたので、早速『ゲートキーパー』を発動してみる。

『ゲートキーパー』

あれっ、全く反応がない。

可能性としては十分に考えられた事だが、どうやら交戦中はスキルが発動しないようだ。

戦闘中に『ゲートキーパー』が使えれば緊急離脱用にこれ以上の物はなかったのだが、これればかりは仕方がない。

『ゲートキーパー』が発動しなかったので、その間にもゴブリンが迫ってきた。

咄嗟に理力の手袋の力でゴブリンに一発入れてからナイトブリンガーの力を発動させる。レベル21となった今ゴブリン相手であれば完全に気配を消す事ができるので、そのまま後ろに下がってドラグナーを構える。

既にドラグナーには魔核を十個吸収させてバレットも十個装填してある。

しっかりとゴブリンに狙いをつけてトリガーを引いてみる。

『カチッ』

トリガーを引いた音だけが小さく響いて何も起こらない。

あれ？　何も出ない。壊れているのか？　それとも俺では使えないのか？

少し焦りながらも、すぐに次の動作に移る。

おっさんはこのドラグナーが魔法で発動すると言っていた。それならこの銃は勝手に持ち手の魔法を認識してくれるのか？　複数の魔法を使えるヒカリンが使った場合はどうなるんだ？　勝手にドラグナーが魔法を選ぶのか？

普通に考えると持ち手側がセットする必要があるのかもしれない。

『ウォーターボール』

俺は魔氷剣を発動させる要領でドラグナーに魔法を纏わせてみた。

これでどうだ？

俺は再び右手で狙いを定めてゴブリン目掛けてトリガーを引いてみる。

その瞬間ドラグナーの銃口に小型の魔法陣が現れ、銃身部分が青色に発光し、その光が先端に収束して放たれた。

『ドゥン』

魔核銃の射出音とは全く違う重低音の射出音が聞こえて青白く光った弾が光の残像を残してゴブリンの向こうに消えていった。

魔核銃には無い重い反動のせいで、銃口がズレた。

慌てて俺は二発目をゴブリン目掛けて放つ。

『ドゥン』

再び重い衝撃と射出音を伴い青白く光る弾が放たれ一瞬でゴブリン迄到達し、着弾した部分から弾けてゴブリンは消失してしまった。

高速の弾道が本当に見えているわけではないが、光の尾を引いているので見えたような気になってしまう。

それにしてもこの銃はすごい。魔核銃とは威力が違う。そしてカッコいい。

銃なのに射出されたバレットが青く光っている。しかも射出の瞬間銃身も光ってカッコいい。

唯一の心配は隠密状態の時に相手からこの光が認識されてしまわないのかという事だ。

それを差し引いても、流石はおっさんが浪漫武器と言うだけあってかなり凄い。

それと先程の射出で気がついた事が二点ある。

まず咄嗟に撃った二発目は魔法を詠唱していないが射出できた。

これは最初に『ウォーターボール』を詠唱した効果がまだ残っていたのだろうが、この状態で何発撃てるのかは確認が必要だろう。

おっさんが『ウォーターボール』では効果が厳しいとも言っていた。なので先程の弾はブレスレットの効果が付与された『アイスボール』の魔砲弾だと思われるが、いつもと違い身体の拘束感がなかった。

もしかしたら魔道具同士親和性が高いと言っていたので、俺を介さずにブレスレットの力を使ったのかもしれない。

その後も何体かのゴブリンと交戦した結果更にいくつかの事が分かった。

詠唱が必要なのは最初の一回だけ。その後は十発迄詠唱なしで射出する事ができる。

そして装填し直した場合また最初の一発目には詠唱が必要となる。

また魔核十個で撃ち出せるバレットは十発。魔核一個で一発だ。

そしてＭＰは一発打つ毎に『ウォーターボール』同様４ずつ消費されていた。

今の俺だと最大で十二発撃てる事になるが、バルザードや『ゲートキーパー』の事を考えると、今の段階では上限は半分の六発程度だろう。

つまりドラグナーを一発発動する毎に魔核一個とＭＰ４とバレットが一つ必要になる計算だ。

確かに燃費はすこぶる悪いが、確実に火力はアップした上にカッコいい。

やはりカッコいいはプライスレスかもしれない。

ちなみに『ゲートキーパー』は一回の発動でＭＰ５が必要だった

ドラグナーと『ゲートキーパー』の検証に時間を費やしている間は全く収入が途切れてしまっていた。

ゴブリンの魔核一個得るのにスライムの魔核一個とバレット一個必要なのでほぼ等価交換に近い状態が続いており、狙いを外した場合は完全にマイナス状態になってしまっていた。

本当はもっと割の良い下層にいけば良いのだが、余裕を持って検証するには二階層までが望ましかった。

その甲斐あってドラグナーの扱いには大分慣れてきたが、距離があると高速移動する敵には難しいかもしれない。

射出の際に思った以上に反動があるので色々試した結果、少し窮屈だが肘を脇に当てて固定した状態で撃つのが一番安定していた。

それと同時にバルザードの訓練もおこなった。ドラグナーを右手で扱うので必然的にバルザードを左手に持つ事になるが、左手一本で扱うのには慣れが必要だった。

ステータスの恩恵で左手で扱う事自体は問題なかったが、右手のようにはうまく扱えないので実戦で使えるように練習を重ねた。

『ゲートキーパー』は階層のどこにいても各階の入り口迄行く事ができるので、一階層の先に進んで誰も居ない場所から発動する事にしている。

もし転移先で他の探索者に出会ってしまったら、顔を見られないように逃げ出すか、完全にシラを切り通すしかない。

検証を終えた翌日、テンション高めで学校へ登校するとすぐに真司と隼人が声をかけてきた。

「海斗、抜け駆けして、葛城さんにバレンタインデーのお返ししたんだってな」

「別に抜け駆けした訳じゃないけど、その場の流れでな。前澤さんから聞いたのか？」

「そうだよ。前澤さんへのハードルが一気に上がっちゃったんだけど。どうすればいいんだよ」

「別に好きなもの贈ればいいだろ」

「いや、お揃いの指輪贈られるとな〜」

「お揃いってわけじゃない。俺のはレジストリングだし」

「いや、それでも似た感じの指輪贈ったんだろ。しかも左手の薬指にだよな」

「左手？　そうだったかな。お店で俺の指輪と同じ方にはめてもらった様な……」

そういえば特に気にしていなかったが、言われてみるとマジックリングは左手にはめているので春香にも左手にはめてもらった気はする。

「海斗〜。お前な〜、本気で言ってるのか？　前から天然な所はあると思ってたけど、ここまでか」

「ありえないだろ海斗。今すぐ死んだほうがいい。左手の薬指だぞ薬指。そこまでやって意味わかってなかったのか」

「え……。俺……やらかしたのかな？」

「は〜、これだから超絶リア充も納得だよ」

「普通はありえないけど、まあ海斗だし良かったんじゃないか」

真司達に指摘されて今気がついたが、左手の薬指と言えば、婚約指輪とか結婚指輪をはめる指か……。

　俺はなんて大胆な事をやってしまったんだ。下手なラブコメでもこんな展開ない。それにラブコメの鈍感系主人公でもないのに自分が怖い。

「どうしよう。俺やばいかも」

「いや、やばくはないと思うぞ。葛城さん喜んでたみたいだしな」

「確かに喜んでくれてたとは思うんだけど」

「俺の想像を超えてたよ。海斗がついに男をみせたと思ったら、ただのやらかしだったとは。まさかの落ちだったな」

「あ～やばい。俺、春香に謝った方が良いかな」

「馬鹿につける薬はないな。謝ってどうするんだよ。むしろ正々堂々左手の薬指に贈ったんだって言っておけば良いに決まってるだろ」

「そうだぞ、謝って良い事なんか何もない。絶対に間違いだったとか葛城さんに伝えるなよ。取り返しのつかない大変な事になりかねないぞ」

「そうかな。二人がそこまで言うなら分かったよ」

　春香の事は気になるが二人がここまで必死に止めるという事は、このままにしておかないとまずい事だというのは流石に俺でも分かる。

「それにしても、このぐらい天然でやらかすくらいの方が良い事もあるんだな。真似しようとして真似できる事じゃないけどな。悩んでる自分が馬鹿らしくなるよ」

「俺にもこのナチュラルな鈍感力が欲しい。これさえ有れば俺も女の子にガンガンいけてたはずだ」

「隼人、大きなお世話だ。それより真司も指輪贈ってみたらいいんじゃないか？」

「無理無理。今の俺の状況じゃ無理だろ」

「いや真司。案外有りかもしれないぞ。海斗がそれでいけてるんだから天然なふりして、さらっと渡しちゃえばいいんじゃないか？」

「指輪か～。俺買った事ないんだけど」

「俺だってないけど、どんな事だって初めてはあるだろ。今度一緒に買いに行くか」

「え？　隼人も買うのか？」

「いや、俺は義理チョコだから、お返しはお菓子ぐらいにしておくよ。きたる時の為のシミュレーションをしについていくだけだ」

　隼人の春はまだまだ先な気がする。隼人が想定しているきたる時は今の調子ではいつまでもこないんじゃないだろうか。

　ここのところバレンタインデーの余韻からか学校全体になんとなく浮ついた雰囲気が漂

っていた。

春香からトリュフをもらっていなければ居心地が悪くてやさぐれてしまっていたかもしれない。

学校では俺のとんでもないやらかしが判明したものの、真司たちのアドバイスもあり春香とはいつも通りに接することが出来たし今度の期末試験の勉強も一緒にやることになりそうなので今から楽しみだ。

土曜日になりメンバーと合流してからドラグナーの説明と『ゲートキーパー』の検証結果を知らせておいた。

ドラグナーに関しては概ね好評だったが、やはり『ゲートキーパー』の破格の性能の前に霞んでしまった感じだ。

そして今日の最大の懸案はヒカリンの『ウォーターキューブ』だ。

今の所水汲みにしか使えないこの魔法をどうにか戦力にしてあげたい。

実は俺には秘策があった。

ヒントは俺が小学生の低学年の時に放送されていたアニメだ。確か原作は随分前の作品だった記憶があるが当時リメイクされて特に小学生に人気があった。

そこでは主要キャラの魔法使いが水と炎を融合して、超魔法みたいなのを生み出していた記憶がある。

俺は熟考した結果これしかないと思えた。

ただ問題はアニメでは右手と左手にそれぞれ属性の違う魔法を同時に発現させていた気がするが、実際にそんな事が可能かどうかやってみないと分からない。

「ヒカリン、『ウォーターキューブ』なんだけど、俺なりに考えたんだ。『ウォーターキューブ』と『ファイアボルト』を融合して超魔法に進化させられないかと思うんだけど」

「海斗、なんか昔そんなアニメがあった気がするんだけど」

「どうやってやるのですか？」

「右手に『ウォーターキューブ』を左手に『ファイアボルト』を発動させて融合するんだ」

まずは、練習のために二階層に飛んでからやってみる事にしたが、俺の安直な考えは直(す)ぐに頓挫(とんざ)してしまった。

まず『ファイアボルト』をその場に留(とど)まらせる事が出来なかった。

基本、射出型の様でスピード調整は出来るものの手の平の上に止まらせる事が出来なかった。逆に『ウォーターキューブ』を出現後、自在に移動させる事も難しかった。

「アニメみたいには上手(うま)くいかないな〜」

「やっぱりアニメだからだったのね」

手の平で融合するのは無理だったのですぐに次善策を考える。

ゴブリンを発見してから、シルに『鉄壁の乙女』を発動してもらい、ゴブリンに向けて『ウォーターキューブ』を発動してもらった。

「よしヒカリンいまだ！」

ヒカリンにゴブリンを覆う水の塊に向けて『ファイアボルト』を放ってもらう。

「いくのです。『ファイアボルト』」

ヒカリンの放った炎雷が一直線に飛んでいき水の塊に突き刺さった。

二つの魔法が交わると、その場には大量の水蒸気が舞い上がり、次の瞬間爆ぜた。

『ドガァアアア～ン』

『鉄壁の乙女』越しにも熱気が伝わってくる。

俺の思いつきは融合による超魔法ではなく、なぜか強烈な爆発を引き起こしてしまった。

「え……なんで？」

俺の考えていた超魔法ではないが、ヒカリンの『ファイアボルト』を遥かに超える威力の爆発が起きていた。

『ウォーターキューブ』と『ファイアボルト』をぶつけて何で爆発が起きたんだ？

「これは……水蒸気爆発か？」

「水蒸気爆発ですか？」

「そうだ。大量の水に超高温の炎雷が衝突した事で水蒸気爆発が起こったんだろう」

流石は大学生。あいりさんが説明してくれて初めて気がついたが、これはまさに水蒸気爆発だ。

名前を聞けば意味はわかるが実際に爆発したのを見るのは初めてだ。

水って本当に爆発するんだ。

しかも威力が半端ではない。下手をするとシルの『神の雷撃』に近い威力があるかも知れない。

さっき手元で融合していたらと考えたら背筋に冷たい汗が流れだしてきた。

「海斗さん。これ……どうしましょう」

「ああ、思ってたのとはちょっと違うけど『ウォーターキューブ』の有効活用には違いないから良いんじゃないかな」

「これ使い所が難しくないですか？」

「とにかく自分達から離れた位置で使おうか」

強力ではあるが魔法二発分のＭＰを消費するのと『ファイアボルト』の着弾までタイムラグが発生するので、上手く使いこなす必要がありそうだ。

ゴブリン相手には完全にオーバーキルだったので二階層をあとにし『ゲートキーパー』を使い十四階層まで向かう事にした。

「ご主人様、言い辛いのですがひとつお忘れではないでしょうか?」

「え? 何を?」

「やはりお忘れだったのですね。私も新しいスキルを身につけたのです」

「あっ……も、もちろん覚えてるよ。いやだな~当たり前じゃないか。ははは」

「本当ですか?」

「あ、ああ、本当だよ。あれだよ。ゲートだよな」

「そうです。何のゲートでしょうか?」

「ゲートは門だよな。ヘブンズゲート?」

「ちがいます」

「スタインズゲート?」

「ちがいます」

まずい。おれの『ゲートキーパー』の印象が強すぎて同じゲートだったことしか思い出せない。

「ごめん。なんだったっけ」

「私はショックです。新しいスキルは『エデンズゲート』です」

「ごめん、いっぺんに色々ありすぎて頭が回ってなかった。本当にごめん」

やばい。完全に忘れてしまっていた。

ヒカリンの『ウォーターキューブ』や俺のドラグナー、極め付けに因果の調べなんていう運命ワード迄飛び出したので頭が一杯でシルのスキル『エデンズゲート』の事まで頭が働いていなかった。

シルには悪い事をしてしまったが『エデンズゲート』は夢にまで見た召喚スキルだったはず。是非試してみたい！

「それじゃあ、試しに使ってみてもらえるか？」

「わかりました。いきますよ。我が忠実なる眷属よここに顕現せよ『エデンズゲート』」

カッコいい聖句と共にスキルを発動したシルの眼前に小さな魔法陣が現れ淡い光と共に眷属が召喚された。

「シルフィー様、召喚に応じ参じました。ルシールです」

そこに現れたのは、小人のような天使だった。

「シル、これって天使？　何か小さくないか？」

「恐らく私のレベルが低いので、このサイズになってしまったのかもしれません」

大体大きさは二十センチメートルぐらいだろうか。クレーンゲームとかで取れるフィギュアと同じぐらいの大きさだ。

見た目は女の子のようだ。よく見ると一応翼(つばさ)が生えていて結構可愛(かわい)いかもしれないが、この大きさで戦えるのか？

「シル、ルシールって戦えるのか？」

「多分、大丈夫(だいじょうぶ)だと思います」

「もちろん戦えますよ。まかせてください」

本当か？　このサイズだとモンスターに一瞬(いっしゅん)でやられてしまいそうな気がする。

「ルシールって天使なのか？」

「もちろん天使です。よろしくお願いします」

やはり天使であっているらしい。俺の天使のイメージ通りの白いミニスカートのワンピースの様な服を着ている。

しかも結構胸が大きい気がする。いくら大きくてもこのサイズでは小豆(あずき)ぐらいの大きさしかないので残念だ。

「それじゃあ、せっかくだし俺達(たち)と一緒にこの階層のモンスターと戦ってもらおうか」

「わかりました」

それからモンスターを探して奥に歩き始めたが、歩いているうちに突然目の前を飛んでいたルシールが消えてしまった。

「あれ？　どこに行ったんだ？」

「申し訳ありません。今の私では二分程度が召喚の限界の様です」

どうやらシルの新しいスキルには制限時間があるらしい。

召喚するのは敵のモンスターと遭遇してからだな。

「ご主人様、この先にモンスター二体です」

「それじゃあもう一度『エデンズゲート』を頼む」

「わかりました。我が忠実なる眷属よここに顕現せよ『エデンズゲート』」

先程と同じ聖句を唱えると、淡い光と共にルシールが現れた。

「ルシール、敵が現れたら殲滅するのです」

「わかりました」

「そういえばシル、ルシールがいる間も普通に動けてるけど何か制約はないのか？」

「はい。ルシールが居ても私も普通に動けるので戦闘に加わる事が可能です」

このスキルで一つ心配だったのが『鉄壁の乙女』や『戦乙女の歌』の様に発動時に他の行動に制限がかかるのではないかという事だった。

いくらルシールを召喚出来たところでシルが動けなくなったら本末転倒だ。

「それじゃあ、敵も二体だしシルとルシールでお願いしてもいいか？」

「かしこまりました」

すぐにホブゴブリン二体が現れて交戦状態に入った。

ホブゴブリンの大きさとルシールの大きさを比べると、とても勝てそうには見えないが、本当に大丈夫だろうか？

「ルシール大丈夫か？　俺が替わろうか？」

「大丈夫です。まかせて下さい」

ルシールは女性なので喩えは悪いかもしれないが、まさに一寸法師状態で鬼と小人だ。

一寸法師は確か針の刀を持っていたと思うがルシールは特に何も持っていない。

どうやって戦うのだろうか？

「それではルシール、いきますよ」

「わかりました。シルフィー様」

ホブゴブリン二体がこちらに向かって走ってきたが、明らかにルシールをターゲットにしている。

小さなルシールを与し易いと思ったのだろう。二体が武器を携えてルシールに迫ろうとしていたが、当のルシールは全く焦った様子はない。

「いきなり襲ってくるなんて、やはりモンスターとは下品な生き物ですね。お還りください。『エレメンタルブラスト』」

ルシールがスキルを発動した瞬間、ホブゴブリンの一体が突風で上空へと巻き上げられ、そのままダンジョンの天井に衝突してから急速に落下してロストした。

「ルシールやりますね。私も負けられません。『神の雷撃』」

続けざまにシルの雷撃が残ったホブゴブリンに落ちて一瞬で消え去ってしまった。

どうやらシルはルシールを召喚しても動けるだけでなく、スキルも使用できるらしい。

これなら単純にパーティの攻撃力と手数が一人分増えた様なものだ。

それにルシールのスキルも強烈だ。

てっきりスキルも小人サイズなのかと思ったら、全くそんな事はなかった。俺のスキルと比べても断然破壊力がある。

「ルシールすごいな。その大きさであの威力は反則級だな」

「ありがとうございます。これでも天使ですから」

確かに小さいだけで人類を超越した天使なのだからこのぐらいは当たり前かもしれない。

しばらくするとまたルシールが消えてしまった。

「シル、召喚できるのはルシールだけか？」

「はい、今の私ではルシールだけの様です。レベルが上がっていけば他の眷属も喚び出せる様になると思います」

「ちなみに一回呼び出すのにＭＰはどのぐらい必要なんだ？」

「そうですね。確認したところＭＰ20が必要のようです」

「20⁉」

流石味方が一人増えるという破格のスキルだけあって消費するＭＰも半端ではない。

俺とかのＭＰ量だと一瞬で底をついてしまいそうだ。

たとえレベルアップして複数喚べる様になっても時間制限のあるスキルなので、そうそう連発できる様な代物ではなさそうだ。

いずれにしてもヒカリンの水蒸気爆発スキルと合わせて大幅にパーティの火力が上がったのは間違いなさそうだ。

逢いたくはないが、またそのうち遭遇するであろう悪魔に対抗する手段が増えた事は歓迎すべき事なので、今後は使い所を訓練していきたい。

そのまま十四階層を進んで行くが事前の情報通り、敵モンスターの出現頻度が高い様で今日だけで既に四回程交戦している。

「まあ、魔核を回収できるからいいんだけど、あんまり無駄撃ちはできないな」

「そうですね。『エデンズゲート』は、この階層では使い辛いです」

「代わりにわたしが活躍してやるから安心しろ」

初めのホブゴブリンに対して『エデンズゲート』を使用して有用性を確認したものの、ＭＰ使用量の多さからそれ以降の戦闘には使用できていない。

ヒカリンの水蒸気爆発コンボも一度使用はしてみたが、こちらも二発分のＭＰを消費する上にタイミングが難しいので、敵が密集した状態などで使用するのが良さそうだった。

「そうだな、ルシェ頼んだぞ」

「言われなくてもやるけど、いつ使えばいいんだ？　わたしの新しいスキル」

なんだ？　ルシェの新しいスキル？　ルシェも新しいスキルが発現したんだったか。

「次使っていいのか？」

「ああ、もちろんだ。頼んだぞ！　ルシェ！」

ああっ、またやってしまった。

シルの新しいスキルの事も頭から飛んでいたが、まさかのルシェもだった。

やばい。相当に因果の調べの話と自分の事で頭がいっぱいで余裕がなかったらしい。

大丈夫だ。まだ気取られてはいない。堂々としていれば大丈夫だ。

「海斗さん、もしかして忘れてたりしたのですか？」

「えっ？　そ、そんな事はないよ」

「海斗まさか忘れてたのか？　すぐ試す様に言ってこないから不思議だったんだ。シルのを忘れてたから、まさかわたしまで忘れる事はないだろうと信じてたのに……」

なんだ？　ルシェが妙にしおらしい。そんなにショックだったのか？

「ごめん。俺が悪かった」

「謝るだけか？」

「魔核が欲しいのか？」

「欲しいのか？　何かおかしいな～」

「わかったよ、俺が悪かったよ。魔核を五個で許してくれ」

「まあ、今回だけだぞ。ふふっ」

やはりこいつがしおらしいなんて事がある訳がなかったが、今回の事は全て俺が悪いのでなんとか魔核五個で許してもらう。

しばらく歩くと醜悪な三本角の生えた豚モンスターであるバジッドオークが三体現れた。

普通のオークと違い立派な角が三本生えているのが特徴で、パワーと耐久力が増している。

モンスターの見た目は悪いが角は外国のカブトムシの様でカッコいいので、何となくアンバランスな印象を受ける。

「三体ともわたしがやっていいのか？」

「一人で大丈夫か？　三体だぞ」

「誰に言ってるんだ。当たり前だろ。なんなら三十体でも大丈夫だぞ」

「わかったよ。それじゃあ頼んだぞ」

スタンピードの時を除き、一人で複数の敵を相手にする事はあまりなかったがルシェの事なので多分問題ないだろう。

「は〜っ。新しいスキルのお披露目がお前達の様な醜悪なモンスターとはな。まあわたしのスキルが引き立つからいいけど。さっさとくたばれ！　『黒翼の風』」

ルシェが新しいスキルを発動すると、空中に黒く染まった突風が渦巻きバジッドオークを包み込んだ。

黒い風が包み込んだ瞬間にバジッドオークの全身は切り刻まれて消えてしまった。

「あ〜一発じゃ三体無理だった。お前らは、散らばらずにまとめてかかってくればいいんだ。逃げるんじゃないぞ。『黒翼の風』」

再び黒く染まった突風が発生して今度はバジッドオーク二体同時に包み込み二体を一瞬

で切り刻んでしまった。

ルシールのスキルも風系のスキルだった。ルシェのも同じ風系には違いないが完全に方向性が異なるというかルシェのスキルが断然エゲツない。

一瞬で切り刻まれる様は正に一瞬でミンチだ。モンスターとはいえ余り見たいものではないが、この威力(いりょく)と指向性がルシェの悪魔たらしめる所以(ゆえん)だろう。

「ふふふ、どうだった？」

「ああ、さすがだな」

「それだけ？」

「凄(すご)かったよ」

「ふふっ」

パーティ全体の火力とレベルがアップしたおかげで十四階層の探索は思った以上に順調に進んだ。

翌日曜日も俺は十四階層を探索している。

昨日は都合十回も戦闘する事になってしまったのでかなり消耗(しょうもう)してしまった。

早めに寝(ね)て起きたら完全に疲(つか)れは抜けていたので今日も目一杯頑張(めいっぱいがんば)っていけそうだ。

「ご主人様、モンスターですが五体います。まもなくこちらにきます」

「よしっ、俺とベルリアとあいりさんで前に出よう」

いつもの陣形で敵を迎え撃つが、ホブゴブリン三体にホブゴブリンの上位個体なのだろうか、長い一本角が生えた個体が二体交じっている。

「人間ども、これで死ねや！　『ブリッツ』」

いきなり角の生えた個体が声を上げて魔法で攻撃してきて目の前が強烈な光で覆われ前が見えない。

網膜にモンスターによる魔法の光の残像が映り込んで周囲がよく見えない。

咄嗟に後退の指示を出して反転して後ろへ下がる。

「私がいきます。『ウォーターキューブ』　皆さん伏せてください。『ファイアボルト』」

敵との距離感が分からないので、ヒカリンの声に従って地面に伏せた直後に爆発音と爆風が頭上を襲った。

まだ目がよく見えないので周りの状況がよく分からない。

「もう一発いきます。『ウォーターキューブ』　『ファイアボルト』」

『ドガガガァ～ン！』

本日二度目の水蒸気爆発が起きて頭上が熱風で熱い。

流石に爆発二連発は激しい。見えなくても身体中で感じることができる。凄まじい威力だ。

「みなさん、終わったのです。もう大丈夫ですよ」

声が聞こえてきたので起き上がるが、目がチカチカして状況がよく分からない。

「うう～ん、ベルリア治療を頼む」

「かしこまりました。少しお待ち下さい。『ダークキュア』」

ベルリアのおかげでようやく目が見えるようになったので周りを見てみるが、どうやら前衛にいた三人が閃光により目をやられたらしい。あいりさんはまだ目を気にしていたので、ベルリアに治療を頼んでおいた。

後衛のメンバーは離れていたおかげで閃光の影響は少なく済んだようだ。

目の前の地面には魔核が五個落ちているのでヒカリンの攻撃二発で五体とも消滅してしまったようだ。

おそらく、敵モンスターがスキルを発動してから、こちらの様子を窺っていたタイミングで魔法を叩き込んだのだろう。

「助かったよ」

「私もたまにはやるのですよ」

ヒカリンはたまにどころか結構活躍してると思うんだけど。

「それじゃあ次は私の番ね。まかせてもらうわよ」

「えっ？　大丈夫？」

「失礼ね、しっかり見ておきなさいよ」

ヒカリンの活躍にあてられたのか次はミクがやると言い出した。ただミクは少々火力不足なので大丈夫だろうか？

しばらく歩くとすぐにホブゴブリン三体に遭遇した。

「海斗、しっかり見ておきなさいよ」

「あ、ああ。危なくなったら助けるから」

ミクは後衛の位置からスピットファイアを構えている。

『幻視の舞』

久々のミクのスキルにホブゴブリン一体が嵌ったようで奇妙な動きを見せ始める。

「それじゃあ燃えてなくなりなさい。『ファイアスターター』」

ミクがこの前身につけたばかりのスキルを発動してスピットファイアのトリガーを引く。

撃ち出されたのは、いつもの極小ファイアボールの弾丸ではなくソフトボール程の大きさの火球。

通常のファイアボールよりは少し小さいが、高速で撃ち出された火球は威力十分で次々にホブゴブリンを捉えて致命傷を与えていった。

「なんで？」

俺にはどうしてスピットファイアの火球が急に大きくなったのか分からなかった。

三体のホブゴブリンは火球に焼かれすぐに消滅してしまった。

「時間があったから私の『ファイアスターター』の使い方を自分なりにいろいろ考えてみたのよ。私は後衛だから敵の一メートル以内に近づく事がないじゃない。だからスピットファイアの弾に炎を付与して撃ち込んだらパワーアップするんじゃないかと思ったのよ」

なるほど、元々火の属性の弾に炎を付与したから弾が大きくなって威力が増したのか。

連射が利く分普通にファイアボールの魔法を使うよりも効果的かも知れない。

その後もパワーアップしたヒカリンとミクのお陰もあり探索はいつもよりもスムーズに進んだ。

「それじゃあまた来週」

「ああ。また来週たのむ」

「この調子なら十四階層の攻略も早いかもね」

「そう思うのです。わたしも絶好調なので」

ミクの言う通りこの調子なら思ったよりも早く十四階層を突破できるかもしれない。

第五章 ヒカリンの秘密

他のメンバー達が頑張(がんば)ってくれたおかげで、十四階層でもドラグナーの出番はそれほど多くはなかった。

ただ使用は問題ない事が分かったので、俺は月曜の放課後にダンジョンマーケットのおっさんのお店に残金である三百万を払(はら)いに行った。

「おう、使えたみたいでよかったぜ。絶対お買い得だ。何しろ浪漫(ろーまん)武器だからな～はっはっはっ。たしかに三百万だ。またいつでも寄ってくれや～。待ってるぜ」

おっさんは今まで一度も見せた事のないような満面の笑(え)みだったのが印象的だった。

接客業なのだから普段(ふだん)からその顔を見せて欲しいものだがおっさんには恐ろしくて言えない。

その帰り道、歩いているとスマホに知らない番号から電話がかかってきた。

「もしもし高木海斗(たかぎかいと)さんでしょうか？」

「はい、そうですがどちら様でしょうか？」

「私、田辺光梨の父です」

田辺光梨の父を名乗る相手の男性の事が一瞬誰だかわからなかったが、すぐに田辺光梨がヒカリンの本名である事に思い及んだ。

「ああ、光梨さんのお父さんですか？」

「はい、突然の電話すいません。実は、おりいってお話ししておきたい事がありまして、今週どこかでお時間いただけないでしょうか？」

いったいなんだ？　ヒカリンのパパの口調は怖くはないが真剣そのものだったので、何か怒られるのかと不安になったが、答えない訳にもいかないので、明日の放課後に駅前で待ち合わせをする事にする。

俺は、ヒカリンのパパの電話にその日一日悶々として過ごす事となった。

いったい俺に何の用だろう。まさか娘に悪い虫がついたと追い払いにくるのだろうか？　う～ん。俺何も悪い事はしていないよな。大丈夫だよな。

昨日もヒカリン別れ際に嬉しそうに絶好調って言ってたしな。

次の日も学校で悶々としながら授業を受けてから放課後駅へ向かうと既にそれらしき人が待っていた。

「あの～。田辺さんですか？」

「はい。あなたが高木さんですね。今日はわざわざお時間を取っていただきありがとうございます」

　初めて会ったヒカリンのパパはメガネをかけており、俺よりも小柄の優しそうな人だった。

「いつも光梨がお世話になっています」

　挨拶もそこそこに駅前の喫茶店に入る事にした。

「いえ、こちらこそ」

「早速なんですが、今日は高木さんにお願いがあってやって来ました」

「お願いですか？」

　いったい俺にお願いって何だ？　まさかヒカリンをメンバーから抜けさせて欲しいのか？

「はい。少し話が長くなりますがよろしいですか？」

「それは別にいいですけど」

「実は光梨は病気なんです。五年程前に病気が判明しまして、症状は薬で抑制されていますが今の医学では根本的な治療は難しいんです」

「えっ……」

「本人も自分の病気が治るのが難しいのは理解していますが、このままでは成人を迎える事は……」

「ちょ、ちょっと待ってください。そんなバカな。だって光梨さん元気じゃないですか」

「効果的な薬が開発されて症状を抑える事が出来ているので、普段の生活は今のところは問題無いのですが徐々に効果が薄くなっている様なんです」

「そんな事って……」

「私達も色々当たってみたところ通常の薬では根治しなくてもダンジョンで発見される薬なら可能性があるとわかりました」

「ダンジョンで発見される薬？　ポーションですか？」

「いえ上級ポーション迄は自分で購入して既に試してみたのですがダメでした。それ以上の霊薬、エリクサー、ソーマ、ネクターと呼ばれる薬であれば可能性が。ただ私達の様な探索者でもない一般人では幾らお金を出そうが手に入れる事は出来ませんでした。一部の限られた人達だけが参加できるオークションに稀に出品される事があるとは聞いたのですが、参加する事はかないませんでした」

　エリクサー、ソーマ、ネクター。それぞれ名前だけは聞いた事がある。

死者さえも蘇らす事ができるという都市伝説さえ生まれている神秘の霊薬。正真正銘のレアアイテムだ。

金額は億ではきかないだろうがそれ以上に一般人では手に入れる事が出来ない、市場に売り出される事のないアイテムとしても有名だった。

一部の権力者達が己の為に使うべく一般の市場には出回らないと噂されていた。

「エリクサーですか」

「はい。光梨は、身体の事もあって学校以外は家ではほとんどゲーム等をやって過ごしていたのですが、ある時自分で薬を手に入れるんだと言い出しまして。止めようともしたのですが、自分の命だからと言われてしまい私には反対する事は出来ませんでした」

「でも光梨さん、ダンジョンでは普通に活躍してるんですよ」

「はい。どうやらダンジョンで得られる特有のステータスのおかげで、ダンジョンでは地上よりも調子がいい様なんです」

ああ、そういうことか。

ダンジョンではステータスの補正が効いて元気に見えているのか。

ゲームに詳しいのもそれでか。

初めて会ったヒカリンのパパの話は衝撃的だった。

「それで、光梨自身も自分で薬を見つけ出して、自分の運命を変えてみせると言ってダンジョンに通い始めたんです。なかなか思うようにはいかなかったみたいですが、ある時期を境に光梨の態度が急に明るくなったので聞いてみるとパーティを組んだんだと言うんです」

ヒカリンがダンジョンに潜っていた理由が分かった。

自分の病気を治す為にエリクサーやソーマ、ネクターのいずれかをダンジョンで手に入れようとしていたのか。

そもそも手に入れたという話自体が聞こえてこないレア中のレアアイテムだ。普通に考えてソロで潜る事の出来る浅い階層で見つかるとも思えない。

ヒカリンにとってパーティを組む事は文字通り死活問題だったのだろう。

今の所パーティでの探索は上手くいっているのでヒカリンが明るくなったのもうなずける。

「多分僕達とパーティを組んだからなんですね」

「そうなんです。あの子に聞いたら楽しそうにダンジョンでの出来事を話してくれるんです。パーティの方の話や敵を倒した話とかもです。あの子が皆さんを信頼しているのがすぐにわかりました」

「そうですか。それはよかったです」

「ただあの子の時間が少しずつ少なくなっているのは変わりのない事実なので、厚かましいお願いなのですが、どうかエリクサーを見つけて頂けないでしょうか？　お金は出来る限りお支払いしますので娘に使わせてやってもらえないでしょうか？　私にはもうこれしか手段がないんです」

ああ、そういうことか。

ヒカリンのパパのお願いは俺達にヒカリンの病気を根治させる薬を見つけて欲しいという事だった。

パパの表情を見ても、ヒカリンが探索者になってから経過した時間を考えても、もうこれしか手段はないと思ったのだろう。

「大丈夫です。頭を上げてください。エリクサーかネクターかは分かりませんが、絶対に見つけるんで安心して下さい」

「ありがとうございます。重ねて厚かましいお願いなのですが、光梨が探索者でいられる時間的な余裕は後一～二年しかないと思うのでそれまでに何とかお願いします」

「大丈夫です。まかせてください。これも決まっていたことだと思うので」

初めは、ヒカリンのパパの話す内容に衝撃を受けたが話しているうちに自分の中で会話の内容がスーッと入ってきた。

先週、メンバーに因果の調べの話をした時、ミクからメンバー全員が同じ因果の調べの中にいるのだと言われた。

つまりはそういうことだ。

ヒカリンがK-12のメンバーになったことも偶然ではないということだ。

俺の因果の調べの中にはヒカリンの薬を見つけることも当然含まれている。

そうでなければヒカリンが俺の将来のことに関係してくるはずがないのだ。

ヒカリンの薬を俺が見つけて未来でもヒカリンは探索者を続けている。そして俺と一緒にダンジョンで何かをなす。

先週までは、因果の調べという、運命論的な話にどこか懐疑的なところがあったが、今はもう確定事項でしかないと思えた。

このタイミングでパパが俺に相談してきたのも偶然ではないのだろう。

「決まっていたことというのは、どういう意味でしょうか?」

「あ~ちょっと説明し辛いんですけど、絶対に光梨さんは大丈夫なので安心してください」

「本当にありがとうございます。高木さんは優しいですね。限りなく可能性が低いことは理解しているのですが、そう言っていただけると……うう、ううっ」

無理もない。ヒカリンのパパの気持ちを考えると俺の「大丈夫です」は、ベルリア並みに根拠の無い自信に思えるだろう。

だが本当に大丈夫だ。絶対にヒカリンは助かる。俺が助けてみせる。

「もしも薬が見つかった時にはお金は用意できるだけお支払いします。足りなければ家を売ってでも何とかします」

「あ～。俺の分は大丈夫です。他にも二人いるので勝手に返事はできないですけど、多分他の二人もお金は大丈夫だと思いますよ」

「いや、でも」

「光梨さんは俺達の大事なパーティメンバーですから。この先もいて貰わないと困るんですよ。だからお金は大丈夫です」

パパの必死さは十分に伝わってきたので後は俺達が頑張るだけだ。

時間が限られているのは分かったが、今のまま進んでいけば必ず薬は手に入れることはできるはずだ。

俺はこの時、ヒカリンと俺を引き合わせてくれた、因果の調べという得体の知れない運命の様なものに心の底から感謝した。

ヒカリンのパパから話を聞いた後もダンジョンの一階層へと潜り三日間で百二十二個の魔核を集め、週末に再び十四階層に臨むことになった。

ダンジョンの入り口で合流したヒカリンは至って普通でいつも通りだった。

もしかしたらパパと俺のやりとりを知らないのかもしれない。

パパにはまかせておけと言ったものの実際にヒカリンを目の前にすると不安がよぎってしまう。

一抹(いちまつ)の不安を振(ふ)り払いダンジョンへと潜ったが、前回同様ヒカリンも活躍してくれて順調に探索は進んでいった。

事前に魔核をしっかりと集めていた事もあり、今回ドラグナーも存分に使う事ができたので俺としても非常に満足できる一日だった。

ただ今日一日探索を進めながらずっと考えていた。

ヒカリンの事を他の二人に話すべきなのかどうか。

このまま何も知らせずに今まで通りの方がいいんじゃないかとも思い、今日一日言い出せなかったが探索を終えて決心が固まった。

地上に出てからすぐにヒカリンに気づかれないようミクとあいりさんに連絡(れんらく)を入れた。

返事があってから指定した近くの待ち合わせ場所に十五分程で二人が現れた。

「海斗、大事な話って何？　それにヒカリンには絶対に気づかれない様にってどういうこと？」

「ああ、それなんだけどあんまり人のこない所で話したいんだ」

俺の表情から、ただ事ではないのを感じたのかミクが以前行ったフレンチのお店の個室を用意してくれた。

重い空気の中、お店に向かっている間は三人とも無言だった。

「それで、どうしたのよ」

店について個室の席についた瞬間にミクが声をかけてきた。

「ああ、実は四日前にヒカリンのパパから連絡があって会ったんだ」

「ヒカリンのパパ？　どうしたのよ。あの子パーティを抜けたいの？」

「いや、そうじゃないんだ。実はヒカリンは病気なんだそうだ」

「病気⁉　なんの？」

「それがこのままだと成人するまで持たないんだそうだ」

「嘘でしょ⁉　だってヒカリン元気じゃない」

「そうだ。今日もあれほど活躍してたじゃないか。とても病気とは思えないぞ」

二人からは、やはり俺の時同様の反応が返ってくる。

「それが、今は薬で症状を抑えられてて、ダンジョンではステータスの恩恵で地上よりも調子がいいんだそうです」

「そんなバカなことって」

「本当なのか……」

「ヒカリン、ゲーム詳しいだろ。以前から身体が弱くて家ではゲームをやって過ごすことが多いんだそうだ」

「じゃあ何でダンジョンなんかに」

「パパにもお願いされたんだけどな、ヒカリンの目的はエリクサーかソーマ、ネクターの入手なんだよ」

「エリクサー。それならヒカリンの病気を治せるってこと？」

「自分の命は自分で何とかすると言って探索者になったそうだ。それで、ヒカリンのパパがどうしても薬を手に入れて欲しいって頼んできたんだ」

「でもエリクサーなんて流石に見たことないわよ」

「俺もないけど、それは大丈夫だ。ミクがこの前俺達は同じ因果の調べの中にいると言ってただろ。じゃあヒカリンが死ぬはずないんだよ。俺が必ず見つける。これは確定してることだと思うんだ」

「それは、そうは言ったけど」

「それでいつまでに必要なんだ」

「ヒカリンのパパの話では一～二年のうちには欲しいとのことでした。手に入れた場合は、出来る限りのお金を払うとは言っていましたけど俺は辞退しました。二人は自分達で決めてくれれば」

「バカじゃないの。お金なんか貰える訳ないでしょ。ヒカリンの命がかかってるのよ」

「私も必要ない。ヒカリンは絶対に死なせるわけにはいかないな」

俺が思ってた通りだ。二人ともお金は要らないらしい。これでヒカリンのパパには安心してヒカリンのケアにあたってもらえる。

目の前に高級フレンチが用意されてはいるが、誰も手をつけようとはしない。

「でも実際の所エリクサーなんかの霊薬の類って市場で見たことないわよ」

正直、食べている場合ではない状況だ。

「一部の特権階級者向けのオークションでしか出回らないらしい」

「そんな貴重なもの手に入れることなんか出来るの？　うちのパパからも聞いたことないわよ」

「それじゃあ、聞くけど、シルやルシェのカードと霊薬ってどっちがレアだと思う？」

「それはもちろんシル様達じゃない？」

「そうだよな。シル達でも手に入れることが出来るのにそれよりもレア度の低い霊薬が手に入らない道理なんかないでしょ」

「まあ、言われてみればそうかも」

「海斗のいう事にも一理あるな」

俺にも具体的な根拠は何もない。ただシルの言う因果の調べを前提として話しているだけに過ぎない。

「とにかく時間は限られてるけど、進むしかないと思うんだ。なんとなく下層に行く方が手に入る可能性が高い気がするし」

「まあ今迄の階層では難しい気がするわね」

「それにしても、このままダンジョンに潜り続けてヒカリンは大丈夫なのか？」

「ヒカリンのパパは後一～二年で潜るのは難しくなるかもとは言ってましたけど」

「そうか、それじゃあみんなもう少しで春休みだろう。春休みは集中して潜らないか？」

「賛成ですけど、あまり詰めて潜るのはヒカリンの体調的にもどうかと思うのでペースは考えませんか？」

「そうね。今は最悪ヒカリン抜きでも私は潜るべきだと思うわ」

三人の意思統一は出来た様だ。後はヒカリンに俺達の気持ちを伝えるかどうかだが。

「ヒカリンにはこの事伝えますか？」

「私にもその判断は難しいな」

「とりあえずヒカリンに変に気を遣わせても良くないだろうから、もう少し様子を見てからでいいんじゃない？」

「そうだな」

その後もヒカリンを含めて俺達が今後どうしていくか話し合った。

とりあえず、ヒカリンには今迄通り極力後衛でいてもらう。

何かの時には『鉄壁の乙女』で優先的に守る。

意識を失う様な敵の攻撃が身体に良いとは思えないので、今後ドロップでレジストアイテム等が手に入った場合は優先してつけて貰う事などだ。

ヒカリンは嫌がるかもしれないが、事情が事情だけにここは譲れない所だろう。

「霊薬の情報も各自で出来るだけ集めてみましょうか」

「そうね」

「どこまで出来るかわからないがやってみよう」

俺達に病気の事を何も言わずに探索者を続けていたヒカリンに俺は畏敬の念を禁じ得ない。

俺の知るヒカリンは、大人しいがゲーム好きの明るい女の子だ。自分の命のリミットを知りながら俺に彼女と同じ振る舞いが出来るだろうか？

今まで一緒にダンジョンに潜っていて一度たりともヒカリンの不調に気がついた事はない。

どう考えても、心配をかけない様に意図して振る舞っていたのだと思う。

そして自分の病気は自分の力で克服するというその心意気。

言うのは簡単だが、自分の身体の心配もしながら実行に移せる人間が実際にどれほどいるだろうか？

しかも俺達とパーティを組む前は正規のパーティを組む事なく独力で解決しようと奮闘していたのだろう。

やはりその心中を図る事は俺には出来ない。

ただ今はもう俺達パーティがついている。

ヒカリンは決して一人ではない。サーバントを含めると六人と一匹が一緒にいる。

一人では霊薬を手に入れる事はかなわなかったかもしれないが、七人と一匹なら必ず手に入れる事が出来るはずだ。

ヒカリン、大丈夫だ。

君の病気は必ず治る。俺達パーティメンバーが必ず治してみせる。

以前、進学するなら王華学院もいいなと言っていたので必ず通える様にしてあげたい。

俺達と大学進学について語った時のヒカリンの気持ちを考えると涙が出そうになった。

ミクとあいりさんに話した事で、頭の中も整理できたし、更に決意も固まったので、翌日から断固たる決意を胸に十四階層へと潜っている。

俺の『ゲートキーパー』によって、これまで往復で五時間近くかかっていた移動時間が僅かになったので、その分だけ探索時間が増え効率よく進めている。

唯一の問題は十階層を経由しなくなった為にダンジョン最大の楽しみともいうべきシャワーが無くなってしまった事だがこればかりは仕方がない。

そしてゲートを使用した際に他の冒険者と出会った時の言い訳も完璧だ。

俺は知らなかったが、一個が三百万円もする転移石という使い切りの超高額アイテムがあるそうだ。

転移石は俺の『ゲートキーパー』とほぼ同等の効果があるらしい。ただし俺の『ゲートキーパー』と違い一回使うと効果が無くなる使い切りのアイテムだそうだ。

なのでもし他のパーティに出会ったとしても何食わぬ顔で「やっぱり転移石は最高だな」と呟けばいいのだ。

まあ高額アイテムの為十階層程度で使用する探索者は稀らしいので目立つ事は間違いな

いがばれるよりずっといい。

「ご主人様、モンスターです。四体きますのでご注意ください」

「じゃあいつも通り三人が前衛で残りのメンバーはサポートで頼む」

現れたのはホブゴブリンと角ありだが、俺は即座にドラグナーを構えて角ありを撃つ。

ヒカリンも後方から角あり目掛けて炎雷を放ち攻撃する。

前回角ありの発光スキルにやられてしまったので、先にこの角ありさえ倒してしまえば、ホブゴブリンは問題ない。

ドラグナーの青い銃弾が角ありの胸部分を捉えて風穴を開け消滅させる。

青い銃弾はこの階層のモンスターであれば急所にさえ当たれば一撃で倒す威力を持っている。

ヒカリンの炎雷でダメージを受けた角ありに、パワーアップしたミクの火球も三連続で命中し、一気に燃え上がらせて消失した。

残り二体になったホブゴブリンにベルリアとあいりさんが突っ込んでいく。

他のメンバーが新しいスキルを身につけたせいで、すっかり影の薄くなってしまったベルリアがいつも以上の勢いで斬りかかる。

『アクセルブースト』

二刀にスキルを纏わせてあっという間にホブゴブリンを輪切りにしてしまい消滅に追いやった。

影は薄くなったとはいえ、下級デーモンにやられた事が応えたのか最近ベルリアは集中力も増し、以前よりも遊びなしで敵を倒している感じだ。

あいりさんも残りの一体に向かって『斬鉄撃』で斬りかかるが、ホブゴブリンの武器に受け止められてしまう。

力比べになった所を後方からヒカリンが『ファイアボルト』で援護する。

炎雷がホブゴブリンの肩に着弾して怯んだ所をあいりさんが一刀両断にして消滅に追いやった。

「結構あっさり倒せたな。やっぱり遠距離攻撃の火力が上がったのは大きいよな～」

「そうね。そのふざけた浪漫武器とやらも思ったより使えるわね」

「そうですね。やはり何と言っても、光るのがカッコいいのです。弾が青い閃光みたいになっててゲームみたいでいいかんじなのです」

「そうかな」

「そうですよ。さすがは浪漫武器なのです」

どうやらヒカリンは、本気で言っている様なのでドラグナーみたいなのが好みらしい。

「コン、コンッ」

「ヒカリン大丈夫かっ！」

「えっ？　ちょっと昨日寝冷えしただけなのですけど」

「ああ、そうなんだ。それならよかった」

「海斗さん、どうしたんですか？　咳くらいでちょっと大げさじゃないですか？」

「いや〜、女の子が風邪ひいたら大変だから。寝冷えは気をつけような、ははは」

だめだ。今まで全く気にならない程度の事でも過敏になって、思わず声をかけてしまった。

　当分今までと同じ様に振る舞っていこうと三人でも話し合ったばかりなのに、早速やらかしてしまいそうになってた。

　まあ今のはヒカリンにも気づかれていないだろうからセーフだろう。

「ミクさん、海斗さんが何かおかしくないですか？」

「え？　何が？」

「咳をちょっとしただけなのに、血相変えて『大丈夫かっ！』って変じゃないですか？」

「あ〜まあ、考えすぎじゃない？　海斗はいつも変だからいつも通りなんじゃない？」

「そうですかね。絶対おかしいのですよ」

のが見て取れた。

「ヒカリン考えすぎじゃない？　海斗は特に何も考えてないと思うわよ」

ダンジョンを進んでいると後方でヒカリンが難しい顔をしながらミクに話しかけている

どうしたんだヒカリン。体調でも悪いのか？

あまり見た事のないヒカリンの険しい表情に心配が増す。

「どうしたんだヒカリン、やっぱり体調がすぐれないのか？　今日はもう引き返そうか？」

「やっぱり変です」

「え？　何が？　やっぱり体調がおかしいのか？」

「いえ、海斗さんが変です」

俺が変？　以前も突然同じ様な事を言われた気がするが毎回軽くショックだ。

「あの、変ってどの辺りがでしょうか？」

「さっきから変です。咳一つで血相変えて心配したり、今も何でもないのに体調が悪いのか？　って絶対おかしいのです」

うっ……なんて鋭いんだヒカリン。絶対バレてないと思ったのにバレてる。

「い、いや～最近インフルエンザが流行ってるから、もしそうだったら大変だなと思って」

「咳だけでインフルエンザですか？」

「今年のインフルエンザは咳が酷くなるって聞いたから」

「もしかして海斗さん聞きました？」

「へっ？　な、何をかな」

「パパが連絡したんですね」

「パッ、パパ？　ヒカリンのパパがいったい俺に何の用があるんだよ」

「以前念のために連絡先を教えていたのですが、連絡したんですね」

「い、いや～。そんな事は……」

「したんですね」

　もうだめだ。ヒカリンはすべてお見通しだ。全部バレてる。

「……はい」

「そうですか。それじゃあ心配するのはやめてください。わたしは大丈夫なので今まで通りでお願いします」

「……ごめん。それはできない」

「どうしてですか？」

「ヒカリンの身体の事を聞いて、俺には今まで通りにはできない」

「普通にしていて欲しいんです」

ヒカリンの気持ちは痛いほどに分かる。今まで通りに接して欲しいという気持ちは良くわかる。

漫画やアニメの主人公ならここは今まで通りに接するよと声をかける所なのだろう。

でも……。

「俺にはできない。ヒカリンの身体の事が心配なんだ。俺のできる限りフォローをしたいし気にもかけるよ。俺のわがままだけど、俺はこれからは目一杯ヒカリンの事をサポートしながら探索していきたいと思ってる」

「そんなの、わたし唯の足手纏いじゃないですか」

「いやそれは違う。俺たちはパーティだろ。この前俺が因果の調べの話をしたらヒカリンも俺の事見捨てるわけないって言っただろ。俺だってヒカリンの事を見捨てるわけがないだろ。足手纏いだって思うわけがないじゃないか」

「それは……」

「俺達は同じ因果の調べの中にいるんだ。だから将来ヒカリンはパーティに絶対に必要になるって事だよ。だから必ず霊薬は見つかる。いや必ず俺が見つけてみせる。だから安心していいんだ。今まで一人で悩んで頑張ってきたのかもしれないけど、俺一応パーティリーダーだろ。メンバーの世話ぐらい焼くよ。迷惑でも焼くに決まってるだろ！」

「海斗さん……」

「だから今まで通りは無理だ。今まで以上にヒカリンのサポートをしながら探索を一緒に続けたいんだ」

「そうよ。海斗が一人でらしくないこと言ってるけど私達パーティでしょ」

「ミクさんも知ってたんですか？」

「すまない、私も海斗から聞いたんだ」

「あいりさんもですか？」

「俺達みんなでパーティだろ。誰も欠けちゃだめなんだ。絶対に欠けさせない。だからヒカリン一人で頑張らなくていいんだ。みんなで頑張ればいい。俺がもっと頑張るから大丈夫だ」

「…………ずるいです………」

「えっ？」

「海斗さんなのに………ずるいです」

「たまに柄にもなくかっこいいこと言うわよね」

「そうだな。たまに言うな」

柄にもなくって自分でも分かってるけど、ヒカリンを前にして俺の思いが溢れてしまった。

俺の英雄願望が疼いてしまったのかもしれないが、全てを知った上でヒカリンを今まで通りに扱う事は俺にはできなかった。

「ふぅ～うぅぅうぅううう～。わたしだって……わたしだって怖いんです。うううぅ～本当は怖いんです。霊薬なんか本当は見つからないんじゃないかって。もう少ししたらわたし死んじゃうんじゃないかって……うううぇえ～ん」

「大丈夫だ。今日からは絶対に大丈夫だから。怖がる必要なんかない。俺が約束する。何があっても何をしてでも絶対に見つける。もう心配ないんだ」

「そうよ、私も手伝うから大丈夫」

「海斗がここまで言うんだ。安心していいと思うぞ」

「ふぅうううう～。はい……」

「もう一度言うよ。約束だ。もう大丈夫だ」

「はい。もうわかりましたから。ありがとう……ございます」

盛大にバレてしまったが、この約束だけは絶対に守る。何があっても守ってみせる。

いきなりヒカリンに全てバレてしまい大見得を切ってしまったが、この日の探索がその後大きく変わる事はなかった。

もちろん気にはかける様にしているが、モンスターを相手にそれほどの余裕がある訳でもなく、ヒカリン自身も十分に戦えているので、今までと何も変わらない探索となった。大見得を切った手前、何となく申し訳ない様な気持ちになったが、探索は順調に進んでいるので十五階層に到達するのもそう遠くはないと思う。

マッピングを順調に終え十六時になったので、探索を切り上げて解散する事になった。

「海斗さん。ありがとうございます。気持ちが楽になったのです。でも希望を持たせたんですからちゃんと責任取ってくださいね。わたし、大人になっても生きていたいです」

「もちろんだ。まかせとけ！」

ヒカリンは落ち着いたみたいで良かった。

今まで一人で我慢していたのだろう。

そんなヒカリンの気持ちは痛いほどわかる。

言われなくても霊薬は必ず見つけるので大丈夫だ。絶対にヒカリンを死なせはしない。

エピローグ

「隼人(はやと)、探索者サークルにはもう入ったんだよな」

「ああ、入ったぞ。やっぱり情報があるのとないのじゃ全然違うからな」

「そうだよな～」

「それにパーティ組んでるのに俺だけ入らないとかは無理だし」

「パーティ全員入ってるのか」

「前も言っただろ。守秘義務があるからパーティ全員で入らないといろいろと問題があるんだよ」

「なるほどな～」

「エリクサーって知ってるか？」

「ゲームとかに出てくる超回復薬(ちようかいふく)の事だろ」

「そう。エリクサーってダンジョンでも出るって話だろ」

「話というか噂だろ。都市伝説ってやつじゃないか？　実際に使ったって人見たことないし」

「真司も聞いたことないか？」

「ないな。サークルでもそんな情報は一切なかったと思う」

「真司、守秘義務大丈夫か？」

「ないって言うのは大丈夫だろ。漏らす情報がないんだから」

「まあ、たしかに」

「どこかの権力者が握ってるって噂もあるけど、眉唾だろ。今の日本でそんな事あるとは思えないけどな」

「そうだよな～。ソーマとかネクターも名前くらいしか聞いたことないもんな」

「どれも都市伝説級だろ」

「まあ俺達には一生縁はないだろ。万が一手に入れたら権力者に買ってもらって一生遊んで暮らすかもな」

「隼人、権力者って誰だよ」

「いや～影の実力者とかじゃないか？」

「そんな知り合いいないだろ」

「たしかに」

ヒカリンの病気のことを知ってから自分なりに調べてはみているが、ただの高校生にすぎない俺に手段は限られていてWEBで検索してみても、膨大な量の情報から確度の高いものを見つけることは難しかった。

もしかして探索者サークルの情報ならと思い、軽く隼人と真司にも聞いてみたが、反応を見る限り何の情報もなさそうだった。

引き続き霊薬の情報は集めたいとは考えているが、俺にできることはあまり多くはない。

今俺にできることは自分とサーバント達の能力を上げて、少しでも先に進むことくらいだ。

「マイロード、その銃すばらしいですね」

「そう思うか？」

「姿形がいいですね」

「そうか？」

「はい。射出される弾もいいですね」

「やらないぞ！」

「……」

「そもそもベルリアは攻撃魔法が使えないんだからドラグナーは使えないぞ」

「……そうですね」

俺は今二階層で魔核集めと修練を積んでいる。

サーバントも含めた全員の熟練度を上げるべく新しいスキルである『エデンズゲート』と『黒翼の風』そして俺のドラグナーを積極的に使用しているが、どれも燃費がすこぶる悪いので魔核がさっぱり溜まらないのが痛い。

おかげでドラグナーの命中率は飛躍的に向上し、ゴブリン相手なら確実に命中させられるまでになってきた。

そして手持無沙汰であぶれた形になっているベルリアがドラグナーを物欲しそうに見てきたが、さすがにこれをやるわけにはいかない。

そういえば今日はいないが、スナッチの新しいスキルも使い所が難しすぎて未だに使用したのを見た事がない。

「ベルリアも何か新技とか開発してみる？」

「新技ですか？」

「スキルはレベルアップしないと身につかないだろうから新技とか」

「新技ですか……」

「例えば『ダークキュア』使って体内を活性化させて『アクセルブースト』使うと超パワ

ーが生まれるとか」

「なるほど。早速やってみます。『ダークキュア』うおおおっ。『アクセルブースト』ふ～ダメです。そもそも『ダークキュア』は能力が上がるわけではありませんので」

「そうだな。ごめん。それじゃあ回転しながら『アクセルブースト』とかどうだ？」

「回転しながらですか。やってみます」

そういうと、ベルリアは『アクセルブースト』を使ってコマのように横方向に回転し始めた。

俺が思ってたのとは違うがこれはこれでありなのか？

「……っつ、どうでしょうか」

「ベルリアふらついてるぞ。やっぱり横回転は無理だな。ジャンプして縦回転で回転しながら斬るのはどうだ？」

「やってみます」

今度は俺の意図がちゃんと伝わったようでジャンプして二刀で前方にくるくる回りながら斬りつける。

今度は目も回っていない様だしアニメの必殺技みたいな感じで結構いけてるんじゃないかと思うけど実戦ではどうだろうか？

「なかなかいいんじゃないか？　ゴブリン相手に試してみるか」

「はい」

歩き始めてすぐゴブリンに遭遇したのでベルリアが応戦する。

「マイロード、しっかりとご覧ください。いきます。『アクセルブースト』」

ベルリアがゴブリンの前まで走っていってジャンプする。そのまま前回転を始め、ちょうど三回転したところで勢いを増した剣戟をモンスターの頭に浴びせかけ消滅させた。

「マイロード、やりましたよ！」

「ああ、よかったんじゃないか」

確かに威力が増した気がするのと視覚的に大技感がすごい。

正直ベルリアの『アクセルブースト』ならこんな事をしなくてもゴブリンを一撃で倒せる。ただベルリアが満足そうなので、思いつきにしては良かったんじゃないだろうか。

「マイロード、魔核を頂いてもよろしいでしょうか？」

「えっ？」

「申し訳ないのですが『アクセルブースト』の連発と新技の動きで消耗してしまい魔核が必要になってしまいました」

「そうなんだ……」

俺が言い出した事だから仕方がないが、ただでさえ魔核の消費が激しいのにベルリアまでか。

「次からは、普通に倒そうな。さっきの技は特別な敵限定で使おう」

「はい分かりました」

ベルリアには魔核二個を渡しておいたが、なぜか全く活躍していないルシェまで騒ぎ始めてしまい、結局三人に二個ずつ渡す事になってしまった。

やはり思いつきで話すと碌な事はないと改めて反省する事となってしまった。

また明日から頑張ってスライムを狩りにいこう。

あとがき

皆様の応援のおかげでついにモブから始まる探索英雄譚も6巻目を発売することが出来ました。本当にありがとうございます。

ファンタジー小説には色々なカッコいいシーンが登場します。

モブからには出てこない、ファンタジー定番の騎士による騎乗シーン。重量感のある装備を身に着けての騎乗はカッコいい反面、その裏には人知れぬドラマがあります。

実は作者は馬に乗ることが出来ます。

以前、風になりたくて(嘘です)モンゴルに乗馬しに行ったことがあります。

何もない草原の中ひたすら馬に乗って移動を繰り返したおかげで普通に馬に乗れるようになりました。

初日、二日目は、ただ楽しく風になった気分で快適でしたが、3日目あたりから、あぶみに擦れる足首の内側と蔵に擦れる内股が痛み始め、その痛みは日に日に増していき、最終的に激痛へと変わり最後は馬に跨るのが苦痛になってしまいました。生まれて初めて股ずれになりました。

そして草原の日差しが殺人的にＵＶ光線を浴びせかけてきたおかげで生まれて初めて、日焼けで皮がむけるのではなく、皮が剥がれ落ち完全なる火傷状態となりました。

きっと武器や鎧をつけていたら草原で一歩も動けなくなっていた事でしょう。

ファンタジーに登場する数々のシーンの裏には登場人物たちの人知れぬ努力と涙があります。

今回のモブから６巻ではヒカリンがダンジョンに潜る理由が明らかとなりましたが、登場人物それぞれに小説には描かれていない個性があります。

是非、お気に入りの登場人物に想いをはせ、モブからの世界であなたが主人公となり、等身大の冒険を繰り広げてください。

きっといつの日か努力と涙の果てに英雄となったあなたがそこにいることでしょう。

次回７巻では海斗たちは初めてのレイドバトルへと臨みます。

また７巻で皆様と一緒に新たな冒険できることを願っています。

海翔

モブから始まる探索英雄譚6

2023年4月1日　初版発行

著者――海翔

発行者―松下大介
発行所―株式会社ホビージャパン

〒151-0053
東京都渋谷区代々木2-15-8
電話　03(5304)7604（編集）
　　　03(5304)9112（営業）

印刷所――大日本印刷株式会社

装丁――BELL'S GRAPHICS／株式会社エストール

Printed in Japan

ISBN978-4-7986-3149-3　C0193

ファンレター、作品のご感想お待ちしております

〒151−0053　東京都渋谷区代々木2−15−8
(株)ホビージャパン HJ文庫編集部 気付
海翔 先生／あるみっく 先生